Prologo

Lo seguono da *Avinguda Diagonal*. Ha provato di tutto. Si è immerso tra la folla della *Rambla*. Sono quasi le tre di notte e tutta la città è piena di vita, le vie, i locali, i bar. E' metà giugno, con una temperatura già molto alta, anche a quest'ora della notte. La gente è allegra, gustano *tapas* e, soprattutto, calici di vino o altri drink. Barcellona, di giorno piena di turisti con le loro macchine fotografiche e i loro smartphone pronti a immortalare gli angoli più suggestivi, di notte appare come un immenso locale notturno che spinge e invoglia al divertimento anche i più misantropi. L'uomo supera il mercato della frutta e si dirige verso il porto. Ha provato alcune strade più interne, ma loro non lo hanno perso di vista. Sono in due, il primo magro con i capelli lunghi legati in una coda con jeans e una camicia a righe. Il secondo sembra uscito da una rivista di *fitness*, è alto, calvo con una polo attillata che evidenzia la potente muscolatura. Si tengono a una certa distanza. L'uomo spera che lo vogliano solo spaventare o, al massimo, strattonare un po', per imporgli di fare fronte alla sua promessa. Ha provato in tutti i modi a evitare di trovarsi in questa situazione, ha chiesto aiuto, anche alla persona che voleva tenere distante dal suo stile di vita. Non perché lo abbia mai criticato, ma solo per evitare che si preoccupasse per lui. L'ultima volta, al telefono, ha confidato tutto, per la disperazione si è, persino messo a piangere, ma a quanto pare neppure questo è servito. Gronda di sudore quando arriva alla *Rambla de Mar* ed è al termine di questa che i due lo raggiungono. In giro solo qualche coppia e un gruppo di ragazzi, con bottiglie di birra in mano, che ridono e scherzano. Quello più grosso gli afferra un braccio, con una mano. La stretta è come una morsa e viene trascinato verso una panchina, lontana dai locali. L'altro si

guarda intorno per individuare eventuali curiosi. Lo fanno sedere al centro del sedile, mentre loro si accomodano ai suoi fianchi. Quello grosso non ha mollato la presa, adesso lo ha anche circondato con l'altro braccio. Eppure, l'unica cosa che l'uomo riesce a pensare, in questo momento è che il culturista ha un intenso profumo di deodorante da quattro soldi. Strani scherzi fa la paura. Quello con il codino si avvicina al suo orecchio e gli sussurra *"Estás en problemas hombre. Te perdiste la entrega. Qué debemos hacer ahora? No nos dejes alternativas"*. L'uomo conosce bene lo spagnolo, vive in quel paese da quasi tre anni e capisce che la domanda rivoltagli è retorica. Sente una fitta al fianco destro. E' la lama del coltello a serramanico che viene estratta. Non l'ha sentita penetrare, forse era ancora attento a quello che gli veniva detto. Il secondo affondo, al centro dello stomaco lo sente, invece e sente pure il terzo, poco sotto il secondo. I colpi si ripetono veloci, mentre lui è tenuto ben saldo dal culturista. Infine, il suo cervello stacca la spina, per evitare il dolore e lui sviene. Il sangue macchia la T-shirt grigia, con una serigrafia stilizzata della Sagrata Famiglia, gocciola tra le fessure della panchina. I due si sono allontanati da tempo, quando l'urlo di una ragazza attira l'attenzione sul cadavere dell'uomo.

Il caldo mi strappa, violentemente, al sonno. Oltre ai rumori della città, che si sveglia, la prima sensazione che percepisco è la puzza di sudore e piscio, che aggredisce il mio olfatto. Man mano che riprendo conoscenza, mi rendo conto che, a puzzare, sono proprio io. Sono convinto che il caldo contribuisca, non poco, ad aumentare il mio cattivo odore. Anche per questo preferisco l'inverno. Pure quando nessun foglio di giornale, cartone, coperta o bevanda calda, distribuita dai volontari, riesce a scaldarmi. Ora ho un bisogno impellente, devo urinare. Di solito, cerco di farlo lontano da dove la sera sistemo il cartone su cui dormire. Ma prima devo riuscire ad alzarmi. Mentre lo faccio vedo la prima faccia schifata che mi osserva.

"Che hai da guardare" gli urlo.

Lui, un ragazzo che distribuisce volantini pubblicitari e che contribuisce a intasare le cassette della posta, mi guarda e non dice nulla, anzi si sposta più in là come se, qualche metro, possa fare differenza.

Devo fare in fretta prima che me la faccio addosso, devo almeno raggiungere l'angolo. Mentre mi muovo, cerco di aprire la cerniera che sembra volermi fare un dispetto. Sono arrivato finalmente, siccome la zip non si vuole aprire, mi abbasso i pantaloni. Sono fortunato, non c'è nessuno che mi rompe i coglioni, mentre mi libero.

Sono magro, credo di pesare non più di sessanta chili, tutto ciò che indosso mi viene grande. Solo il ventre è un po' pronunciato e le spalle si sono curvate. Si potrebbe ben dire che sono ben lontano da una accettabile forma fisica.

Ancora c'è poca gente in giro. Non so che giorno è, ma deve essere domenica o qualche altra festività. Se fosse un giorno feriale ci sarebbe, già, un bel casino di auto di persone, in giro. Adesso, prima che qualche caschetto bianco cominci a circolare, mi vado a sciacquare alla fontana di San Carlo. L'acqua è fresca, me la passo pure dietro il collo. Anche se bagno la felpa va bene. Con questo caldo, si asciugherà presto. Ieri mi sono pure rasato barba e testa. Per fortuna ho ancora qualche lametta. È sempre più difficile trovarne una ancora utile. Ecco, una delle cose che, davvero, mi manca della mia vita precedente, fare una doccia come si deve e avere tutto l'occorrente per una buona rasatura.

Adesso è venuto il momento di mangiare qualcosa. Sono fortunato, i bar della piazza mi conoscono o meglio mi tollerano. Sono bar esclusivi e vantano una clientela selezionata. Io non do fastidio ad alcuno e, quando possono, mi offrono qualche avanzato del giorno prima. L'importate è non fare l'invadente. Il più munifico, nei miei confronti, è l'elegante risto-bar che si trova dall'altra parte della piazza. Appena il cameriere esce, per servire il primo caffè al tavolo, lo saluto, lui capisce tutto e tra poco mi porterà qualcosa. Spero tanto sia un cornetto alla crema. Mi è sempre piaciuta la crema, pure quando ero un cliente pagante. Ecco sta arrivando.

"Ciao Giovanni, come al solito, questo te lo manda Dario e mi raccomando non importunare i clienti"

"Grazie" dico. Inutile ricordargli che non ho mai seccato i loro avventori.

Prendo il sacchetto e torno a sedermi sul mio cartone. Non è alla crema e non è, neppure, un cornetto. E' un pezzo di focaccia imbottita, con prosciutto e formaggio. Va bene lo stesso, ne mangerò un po' adesso e un po' più tardi.

Ora tolgo il cartone e lo piego. Devo trovare un posto dove nasconderlo a quelli della nettezza urbana. Trovarne un altro, la domenica o nei giorni festivi, è quasi impossibile.

Mentre torno a recuperare la mia borsa di plastica, passo davanti a un negozio di scarpe, molto alla moda, ho ancora il riflesso condizionato di fermarmi a guardare le vetrine. Prima avrei potuto acquistarne un paio, magari in epoca di sconti. Adesso calzo delle semplici scarpe ginniche. Me le hanno date alla Caritas. Quelle che indossavo prima, mi sono state rubate, una notte, mentre dormivo. Ho preso l'abitudine di legare i lacci, anche, alle caviglie, così se qualcuno ci riprova me ne accorgerò.

Fa sempre più caldo, alla fontana ho riempito la bottiglia, bevo con piacere perché è ancora fresca, ma più tardi anche lei si scalderà. Quest'anno l'estate è più afosa e questo mi fa ricordare che è la seconda che passo per strada.

E' stata una mia scelta quella di vivere come un reietto. Non me ne pento. Prima avevo un buon lavoro, ero un dipendente pubblico, avevo un appartamento tutto mio, un'auto sportiva, qualche relazione. Dicevano che ero simpatico che facevo ridere e, allo stesso tempo, che ero affidabile. Ero un poliziotto. Poi tutto questo è diventato un peso. Non sopportavo più la gente, il mio lavoro e ogni decisione mi costava fatica. La malattia di mia madre aveva dato il colpo finale. Così un giorno sono uscito di casa, senza chiavi, senza cellulare, con quello che avevo indosso, con l'unico desiderio di stare solo. In una città, diversa dalla mia, dove nessuno mi conoscesse, anche se questo avesse significato dormire all'aperto. Così ho camminato e camminato e non mi sono più fermato. All'inizio, ho utilizzato alcuni mezzi, poi ho fatto l'autostop. Sono sfuggito, più volte, ai controllori e ho avuto, talvolta, compagni di viaggio bizzarri. Penso di essermi allontanato più di duemila chilometri da quella che, un tempo, chiamavo casa. Infine, ho trovato questa piazza. Aveva i portici, era perfetta per le mie esigenze. La sua regolare simmetria, con le sue due chiese e l'imponente statua equestre, mi infonde tranquillità. Qualche volta, mi chiedo cosa avranno pensato quelli che mi conoscevano. Avranno provato a telefonare, suonare al campanello della mia porta. Forse, qualche conoscente più intimo avrà provato ad avere notizie dai miei ex colleghi o forse nulla di tutto questo. Magari, ho pure avuto l'onore di comparire su qualche testata giornalistica, con un titolo del tipo "Mistero sulla scomparsa di Giovanni Daltri". Forse, hanno pure fatto qualche trasmissione televisiva sul mio conto. Che ridere.

Di una cosa sono certo, in queste condizioni, neppure gli amici più fidati mi riconoscerebbero.

Nel frattempo, ho ben nascosto il cartone, in una breccia tra due intercapedini. Ora c'è un po più di gente in giro e io mi siedo a osservare. Con la mia bottiglia in mano, provo a indovinare dove vanno. Alcuni, più maturi e vestiti in modo morigerato, nonostante il caldo, immagino stiano andando in chiesa. Quel gruppetto di ragazze sicuramente a cercare buone occasioni in qualche negozio. Poi ci sono gli abitudinari dei bar. Prima fanno colazione, poi tornano per farsi l'aperitivo.

L'unica costante, che condivide tutta questa umanità, è l'immancabile appendice del cellulare.

Ecco una cosa che, davvero, non mi manca: il telefonino. Ne ho cambiati molti, un tempo, rincorrendo, come tutti, il modello più veloce o aggiornato. Come quasi tutti, lo maneggiavo in continuazione, per controllare le notifiche che mi arrivavano o scorrere alcuni *post*, sui diversi *social* a cui ero iscritto. Le mie interazioni, però, erano sempre meno frequenti. Negli ultimi tempi lo usavo solo per telefonare o rispondere ai messaggi di lavoro. Sono arrivato al punto di odiare il dovere affidare, a una "memoria esterna", momenti della mia vita e criticavo, senza pentimento chi, invece di vivere l'attimo, sentiva la necessità di condividere, con gli altri, le esperienze. Inconsapevoli del fatto che "gli altri" potevano pure fregarsene. Quindi, nel momento in cui ho deciso di cambiare vita, separarmi dal cellulare è stato più semplice del previsto. Posso affermare che, è stata più difficile la decisione di lasciare, nella mia vecchia casa, il documento di identità. Con il tempo, devo ammettere che, pure questa ultima preoccupazione, non ha più motivo di assillarmi. Nessuno chiede i documenti a un senzatetto.

Io non ho bisogno di farmi l'aperitivo al bar. Ho ancora mezza bottiglia di liquore. Volendo, ho pure, la mezza focaccia con il prosciutto che ho riposto dentro la mia fedele busta di plastica che contiene i miei averi: con due calzini spaiati; una mutanda di ricambio e qualche altra cosa. Per pranzare, oggi, andrò alla più vicina mensa della Caritas.

So come muovermi, in questa città, per le mie esigenze primarie. Sono tutte cose che ho imparato con il tempo. Quando sono arrivato in questa città ero già senza più un soldo. Credo che la scelta non sia stata casuale. Ho trascorso alcuni anni della mia infanzia a Torino. Allora, era una città diversa. Sembrava triste e scura. Era una città operaia e, seppure le fabbriche fossero in periferia, il fermento delle frequenti rivendicazioni, di quel mondo, si svolgeva nel centro della città. C'erano volte in cui, i miei preferivano tenermi a casa, invece di mandarmi a scuola, perché erano state annunciate manifestazioni sindacali che, spesso, si trasformavano in veri teatri di guerriglia urbana. Erano, anche, i tempi i cui estremisti di destra e sinistra si contendevano gli onori della cronaca e, sui muri degli edifici, apparivano i loghi dei diversi gruppi.
Ero tornato in questa città a distanza di qualche decina di anni e l'avevo trovata trasformata. Viva, interessante, a tratti elegante, aveva riacquistato la sua antica nobiltà. Forse era una mia impressione, ma non c'era neppure quella cappa di smog che, in passato, la contraddistingueva. Pur sempre una grande città, ma in qualche modo, più a misura d'uomo.
Ricordo che, la prima notte, ho provato a dormire su una panchina, nella piazza di fronte la stazione centrale.
Era un giorno di inizio primavera, ero giunto, da poco, con un treno proveniente da Genova. Il piacevole calore del sole stava lasciando spazio al fresco della sera. Fortunatamente, la panchina sembrava comoda, priva di braccioli intermedi e, sufficientemente pulita. Mi ero steso, utilizzando il cappuccio del mio giubbotto come cuscino, incurante della gente che passava vicino e mi ero addormentato, con il chiarore della

luce che traspariva dalle imponenti vetrate di Porta Nuova. Ma il sonno era stato breve. Avevo ancora, indosso, vestiti di discreta fattura e il mio orologio. Un gruppetto di debosciati mi aveva preso di mira.

"Ehi pezzo di merda non puoi stare qui. Questa panchina è nostra" esordì uno di loro. Un ragazzo con i capelli rasati, con jeans, t-shirt bianca e giubbino in eco-pelle, con la faccia da duro, nonostante i suoi sedici o diciassette anni. Età, che valutai potesse avere.

Mi destai all'istante, le poche settimane trascorse per strada, allora, mi avevano già insegnato a stare sempre all'erta. L'istinto era stato di reagire. Ne contai poco meno di una decina. Non avevo *chance*. Così, mi ero alzato e mi stavo allontanando.

"Dove credi di andare, stronzo. Ci devi pagare per averla utilizzata. Sborsa i soldi" continuò quello che aveva parlato, tra le risa degli altri.

"Non ho soldi" risposi

"Questo lo vedremo" riprese il giovane bullo

Mi accerchiarono e quello si avvicinò. Con le mani mi frugò dappertutto e, non trovando nulla, mi afferrò il polso, staccandomi l'orologio. Non era un orologio di pregio, solo il lontano ricordo di un amore finito in fretta, ma lo trovavo ancora utile. Reagii senza riflettere e gli sferrai un pugno sul viso. Cadde all'indietro. Uno dei suoi compari lo aiutò a mettersi, di nuovo, in piedi. Ora non rideva più, gli usciva sangue dalla bocca, il suo viso era una maschera di rabbia. Almeno tre lame spuntarono nelle loro mani.

Fu allora che si intervenne Giuseppe, tanto lercio quanto enorme. Barba e capelli incolti e rossicci, con uno scorri-acqua mezzo strappato, che svolazzava come un mantello, brandiva un'asta di metallo e, urlando come un eroe greco che si getta nella battaglia, si avventò sui miei aggressori. Lo conoscevano. "E' Ivan il pazzo" disse uno. Così lo avevano soprannominato. Si allontanarono in tutta fretta, mentre Giuseppe rallentava il passo.

Quando il gigante mi fu vicino, mi guardò negli occhi e disse "hai qualche spicciolo?"

"No, mi spiace. Mi hanno portato via l'orologio" risposi, non del tutto convinto che si fosse reso conto che, probabilmente, mi aveva appena salvato la vita.

Con il tempo ho capito che lo aveva fatto scientemente, per l'impeto di un momento. Lui non si interessava di alcuno, meno che mai di uno sconosciuto. Qualche tempo prima, però, quel gruppo aveva provato a infastidire pure lui. I ragazzi non avevano fatto i conti con la sua apparente follia e, almeno un paio di loro, erano dovuti andare in ospedale. Da allora, ogni volta che li incrociava gli si scagliava contro e loro si tenevano ben alla larga dal gigante.

Gli chiesi se potevo accompagnarlo, temevo che i bulli potessero tornare. Lui emise un grugnito di assenso. Aveva un modo di camminare alquanto strano; il più delle volte, avanzava lentamente quasi strascicando i piedi poi, di colpo, accelerava per una decina di metri, come se in quel tratto di strada camminasse su braci ardenti. Quella prima sera, pensai fosse un modo per liberarsi della mia presenza, ma non era così. Quando una volta glielo feci notare, mi rispose "fa parte dell'interpretazione".

Giuseppe non aveva amici da tempo e non amava la compagnia. Io, però, ero discreto e, in poco tempo, diventammo inseparabili. Non raccontava molto di sé, della sua vita precedente. L'unica informazione che riuscii a carpirgli, in tutto il tempo che girammo Torino insieme, fu che erano più di dieci anni che "visitava" la città. Così amava dire lui. Uno dei suoi luoghi preferiti era Via Montebello. Passava ore e giornate intere a osservare incantato la Mole Antonelliana. Mi raccontò che, un paio di volte, era riuscito a prendere l'ascensore panoramico e raggiungere il tempietto e aveva ammirato il "magnifico panorama sulla città". Proprio così disse. Penso che contasse, prima o poi, di rifare l'esperienza.

Mi insegnò tutto quello che so. Su come sopravvivere, per strada, a Torino e, nel frattempo, condividemmo tutto, pure il cattivo odore. All'inizio, mi disturbava, ma poi, come ogni cosa, ci feci l'abitudine. Mi spiegò che occorreva essere gentile con chi gestiva bar o ristoranti. Molti, se non sei insistente e non ti presenti ogni giorno, ti offrono qualcosa da mangiare. Mi insegnò a scegliere i posti dove dormire. Al di là della sua "interpretazione", non era affatto pazzo. Anzi, aveva una saggezza fuori dal comune e doveva avere una buona cultura. Certe notti, prima che la sua mente fosse ottenebrata dall'alcool, affrontava, con se stesso e con me, temi filosofici e citava massime di grandi scrittori. Sono certo, inoltre, che avesse una predilezione per Dante. Era in grado di citare a memoria lunghi passi della Divina Commedia e, con essi, sbalordiva i suoi benefattori. Mi disse che chiedere l'elemosina, per gente come noi, era quasi un dovere "rende felice chi ci lascia qualche moneta".

Fu sempre lui che mi fece conoscere le mense per i poveri. Ma preferiva quello che potevano offrire i ristoranti.

Nelle ore diurne, camminavamo senza meta per il centro città, sostando vicino ai raccoglitori dell'immondizia, per verificare se ci fossero oggetti, o altro, ancora utilizzabili. La gente si disfa di molto, pure quando è per strada. Giuseppe aveva con se due buste di plastica, entrambe stracolme. Quando ci fermavamo per riposare, su una panchina o seduti per terra, passava il tempo a riesaminare quello che aveva recuperato fino a quel momento. Non erano rari i casi in cui, molto di quello che aveva raccolto, non superava la seconda valutazione e finiva, nuovamente, nei contenitori per l'immondizia. Anche io presi l'abitudine di servirmi di una busta di plastica.

Poi un giorno, era da poco iniziato l'inverno e la notte si gelava, dopo che ci eravamo sistemati vicini per scaldarci, durante il sonno, lo sentii lamentarsi, come se stesse facendo un brutto sogno. In seguito, era rimasto immobile. Il mattino seguente Giuseppe non si svegliò. Avevo addebitato la sua immobilità notturna a tutta la sambuca che aveva bevuto la sera prima. Forse, fu quella a dare il colpo finale, ma a chi importa. A chi importa della morte di un barbone. Fu il comune a occuparsi del funerale. Una cosa veloce, la cremazione, le ceneri riposte in un anonimo contenitore e conservate in un, altrettanto, anonimo magazzino del cimitero, in attesa, per un anno, che qualcuno le reclamasse. Come unico segnale di riconoscimento, una foto scattata al suo viso. Senza documenti non fu possibile attribuire un cognome e neppure la data di nascita. Non so se, da qualche parte, avesse una famiglia o qualche parente ma, in ogni caso, dopo così tanto tempo lo avevano, sicuramente, dato per morto. Tanto a chi importa.

Nonostante ciò, sono certo che era un uomo felice. In poco più di un anno di "convivenza" non l'ho mai sentito lamentarsi per qualcosa o recriminare sulla vita che faceva. Sono convinto, inoltre, che se ne sia andato come sperava. Una volta mi disse, infatti, che sarebbe stato bello morire quando, ancora, hai il desiderio di esserci il giorno successivo e non malato, maledicendo le ore o i minuti che hai appena trascorso.

Da allora, seguendo il suo esempio, sono un solitario e ho appreso anche l'arte di apparire un po' pazzo. Ho scoperto, infatti, che così facendo tengo lontano i guai.

La mensa per noi "poveracci" oggi è stata allestita nella chiesa Madonna Degli Angeli.

Sono certo che Anna ci sarà. Anna è una volontaria. Sono, ormai, quasi due anni che la conosco e che la incontro alla distribuzione dei pasti, oppure sopra i furgoni che, nelle fredde serate di inverno, distribuiscono bevande calde. Anna è una bella donna, sulla trentina, con un delizioso caschetto di capelli neri. Somiglia un po', anche fisicamente, a Valentina di Crepet. Non ho mai capito cosa spinga le persone a fare i volontari e, ancora di più, quale motivazione possa avere Anna. So che è laureata, non ricordo in cosa, è bella potrebbe fare e avere qualsiasi cosa. Eppure si ostina a occuparsi di barboni. All'inizio, ho pensato che fosse una studiosa e che lo facesse per qualche "ricerca sul campo", ma non è così.

Ho provato simpatia per lei, fin dal nostro primo incontro. Sempre gentile e affabile e, allo stesso tempo, diretta. Ricordo che, allora, pensai che, in altre occasioni, saremmo potuti diventare amici. Ma adesso, apparteniamo a mondi distanti che, solo occasionalmente, si avvicinano.

Una sera dell'inverno scorso, insieme ad altri volontari, lei era a bordo su uno dei furgoni della sua associazione, per distribuire del latte caldo o del tè. Quando il furgone si fermò davanti la "mia postazione" lei scese con bicchiere e un bricco di latte. Io ero seduto e, alla luce dei lampioni, stavo leggendo un pezzo di libro trovato per strada. Avvicinandosi mi disse: " Sei un vero signore. Seduto in poltrona, con il *plaid* sulle gambe che legge un libro, davanti al camino".

Non era sarcasmo. Cercava di farmi sorridere, come ogni altra occasione e io le risposi con lo stesso intento "Certo. Anzi prima di accomodarti anche tu, ti spiace ravvivare un po' il fuoco, perché questa sera fa davvero freddo".

Ci mettemmo a ridere entrambi, poi lei mi chiese: "cosa stai leggendo?"

"Niente di interessante in verità. Credo sia un giallo, ma mancano alcune pagine iniziali e, purtroppo, pure quelle finali. Quindi mi toccherà immaginare chi è il colpevole".

"Se vuoi, la prossima volta che ci vediamo ti porto qualcosa di integro. Che genere ti piace?" riprese lei, disponibile.

"Qualche tempo addietro ero un lettore seriale. In certi periodi di appassionavo ai romanzi storici e compravo solo quelli. Altre volte mi fissavo con i gialli psicologici. Ma ho letto, anche, libri assai più impegnati e, quando un libro mi prende, posso rimanere sveglio pure due giorni per finirlo" risposi.

"Bene. Tutto sommato sei un lettore eclettico. Allora è deciso. Ti porto qualcosa di mio. Così, magari, poi ci scambiamo le opinioni" concluse lei, avviandosi al furgone.

Qualche giorno dopo, la rividi alla mensa e fu di parola, mi consegnò una copia di "Siddharta" di Hesse. Io lo avevo già letto, molto tempo prima, ma non glielo dissi. Mi faceva piacere rileggerlo. Da allora, ogni volta che le riporto indietro il libro che mi ha prestato lei, dopo, me ne da un altro.

Oggi, sono arrivato presto non c'è ancora nessuno davanti la porta. Fuori, però, già c'è il furgone dei volontari e pure quello che ha portato i pasti.

Fa troppo caldo per restare all'aperto e così, approfittando della porta solo accostata, decido di entrare, magari mi siedo su una di quelle panche che ci sono nel corridoio che precede il refettorio.

Si qui l'aria è decisamente più fresca, è lì che la vedo, sta parlando con un uomo. Lei, come di consueto, indossa semplici jeans e, oggi, una maglietta bianca. Lui, invece, veste un completo colore *avion* e una sgargiante cravatta di colore giallo, con righe di diversi colori.

L'uomo ha i capelli corti e il colore nero sta lasciando spazio al grigio, occhiali da sole spostati sui capelli, alto un po' più di me, tiene le mani nelle tasche dei pantaloni. È molto vicino ad Anna. I loro visi quasi si toccano. Ma non è un incontro piacevole. Lui la guarda con cattiveria e, anche se non riesco a sentire, sono certo che la sta minacciando. Lei non pare avere paura, sostiene lo sguardo dell'uomo. Tiene, però, le braccia incrociate. La mia esperienza, nella vita precedente, mi suggerisce che è un atteggiamento di difesa. Vorrei avvicinarmi, ma incrocio gli occhi di Anna. Mi fa un, impercettibile, segno di restare fermo. Anche lui si accorge della mia presenza. Ha seguito lo sguardo di Anna e volge gli occhi chiari verso di me, per lui sono meno di niente. Poi si gira di nuovo verso Anna e le dice, ancora, qualcosa. Il loro incontro termina dopo poco. Il tizio ora viene verso di me. Questa volta mi squadra, per bene, prima di uscire.

Anna sembra seguirlo, ma è solo per raggiungere me e per regalarmi un sorriso.

"Fa caldo fuori vero? Ancora dobbiamo preparare, però se vuoi, puoi sederti qui ad aspettare. Sei sempre a piazza San Carlo?"

"Si ho preso la residenza lì ormai e si, oggi fa davvero molto caldo. Qui dentro si respira meglio" le rispondo.

"Quel tizio ti stava infastidendo" le chiedo, in modo sinceramente partecipe. Ancora la mia precedente vita mi frega. Ero e, forse ancora sono, troppo empatico. Un tempo, questo mi aiutava nel lavoro. Quando dovevo interrogare qualcuno, il mio modo di fare faceva si che la gente si aprisse con me.

"No, solo un pezzo del mio passato che si ripresenta, ma è tutto ok" mi risponde Anna, mentre si allontana. Ma è insincera.

Mi accomodo sulla panca, le finestre nel corridoio sono aperte e creano una fresca corrente. La seduta ha i braccioli. Poggio il gomito su uno di essi e mi addormento. Poco dopo, è sempre Anna che mi sveglia, con una leggera pacca sulla spalla.

"Dai Giovanni svegliati, altrimenti resti digiuno", mi dice.

Ora il corridoio è pieno di gente. Conosco, di vista, molti di loro. Alcuni si scambiano qualche parola o segni di saluto, io invece preferisco non socializzare.

Mi alzo e mi incolonno agli altri. Viene distribuito un piatto di pasta, con sugo di carne e, per secondo, una coscia di pollo con delle patate al forno, il tutto accompagnato da un panino imbustato. Ai tavoli, da sei, vengono fatte trovare due bottiglie di acqua.

Pranzo insieme a cinque sconosciuti. Lì ho scelti di proposito, per evitare di discorrere con qualcuno. Un paio provano a farmi qualche domanda, ma io non sollevo gli occhi da ciò che sto mangiando e, così in breve, perdono interesse.

Poi mi alzo per andare via. Riporto il vassoio verso il banco della distribuzione. Anna, ora, aiuta altri, con i secchi per la spazzatura.

Capisco che non è del suo solito umore, sembra tesa, nervosa. Lei, un tipo loquace, con la battuta sempre pronta con i suoi colleghi e con noi, oggi è taciturna e sembra faticare nel fare ogni cosa.

Quando mi scorge si avvicina "da quanto tempo non fai una doccia?" mi chiede.

"Mi lavo ogni giorno, sono i vestiti che puzzano" rispondo

"Cercherò di trovartene di puliti" riprende lei.

"Sono affezionato a questi" le dico. E' vero, la felpa che indosso era di Giuseppe.

"Li faremo lavare e te li restituisco, non ti preoccupare" continua.

Poi si accosta e mi sussurra all'orecchio

“Devo chiederti un favore. Ho bisogno che conservi questo per me”.

Mi fa scivolare nelle mani un foglio di carta. Anna profuma di primavera.

“Ma sei certa? Un senza tetto non è proprio il migliore custode per qualcosa” le dico

“Io mi fido di te” mi risponde

Capisco che non vuole che altri vedano e, in fretta, metto il foglio di carta, piegato, in tasca, poi la saluto e mi avvio all’uscita, mentre lei riprende ciò che stava facendo.

Fuori fa sempre più caldo. Mentre cerco l’ombra mi coglie un dubbio “devo e/o posso leggere cosa c’è scritto oppure no”. Lei non mi ha dato indicazioni. Ci penserò più tardi.

Mi rendo conto, inoltre, di non essermela presa per quell’accenno, non troppo velato, che Anna ha fatto sul mio cattivo odore. Io stesso me ne rendo conto. E’ dire che un tempo ero molto attento a tutto ciò che riguardava la mia persona, dall’igiene all’impeccabilità degli indumenti.

Torno al mio posto sotto i portici. Poggio il berretto davanti a me, in bella vista, in attesa che, i meno indifferenti, vi gettino dentro qualche moneta. Non mi serve molto, giusto quanto basta per comprare una bottiglia di vino. Se, a fine giornata, ci sarà di più, potrei decidere di prendere del gin. Mi piace questo liquore. Mi piace quando sento che mi brucia la gola e, poi, basta qualche sorso per farmi stare bene. Di vino ne devo bere di più per ottenere lo stesso effetto.

Mi appisolo di nuovo, ma fa troppo caldo perché il sonno sia pieno. Inoltre, nel tardo pomeriggio, i negozi, anche nei giorni festivi, attirano i residenti e i turisti e, sotto i portici, c’è un

gran via vai. Di tanto in tanto apro gli occhi. La folla non mi dà fastidio. Odo il vociare di qualche bambino, ma neppure questo mi infastidisce. Quello che mi urta, invece, sono gli "acrobati" con gli *skate*. Soprattutto quelli che si esercitano proprio sotto i portici, costringendo i passanti a scansarsi. Una volta uno di loro per poco non mi ammazza. Il pattino, dopo essere stato lanciato a forte velocità, si era bloccato e il giovinastro era volato via cadendomi, praticamente, tra le braccia. Oggi non c'è ne sono in giro, almeno finora.
Nel berretto qualcuno ha messo qualche centesimo di euro, ma c'è anche un biglietto da cinque. "Sta andando bene" penso.
Poi mi tocco la tasca e sento il "tesoro" lasciatomi da Anna.
Decido di dare un'occhiata. Apro il foglio. Ci sono scritti dei numeri: 3, 4 e 8, ma c'è pure una piccola chiave.
Questo è un problema. Un foglio di carta è semplice da conservare, per uno come me, ma una chiave, al contrario, è facile da perdere. Le mie tasche non sono proprio integre. Magari, se la lascio dentro la carta piegata non la perderò. Poi mi chiedo "ma perché mi ha lasciato queste cose", io non sono per niente affidabile e soprattutto non voglio avere la responsabilità di niente e nessuno. La prossima volta che la rivedo le restituisco ogni cosa.
Il pomeriggio lascia il posto alla sera. I negozi, uno dopo l'altro, abbassano le saracinesche e sistemano i lucchetti. La gente va scemando. Io devo ancora comprare il mio gin. Anche se il supermercato chiude un po' più tardi, del resto dei negozi, mi devo affrettare. Le cassiere mi conoscono ormai, sanno già cosa sono venuto a comprare.

Ricordo le prime volte che sono entrato qui. Mi guardavano con sospetto e con schifo. Ora sono solo indifferenti.

Non so cosa sia preferibile. Ho sempre pensato che l'indifferenza sia il male assoluto. Ma, adesso, è una costante della mia vita.

Con una nuova cara bottiglia vado a recuperare il cartone che ho nascosto questa mattina e mi preparo per la notte e, prima, per cenare.

Da qualche giorno, a una decina di pilastri di distanza, c'è un altro come me. L'ho scoperto mentre mi guardava. Sembra, quasi, che studi ciò che faccio e che cerchi di imitarmi. Anche lui è un solitario e sono certo di non averlo mai incontrato, nei luoghi che frequento, tranne che qui. In verità non ho ben capito che tipo sia, si muove in modo particolare. Indossa stracci abbondanti e ha una cosa preziosissima: un ombrello. Apro la bottiglia e bevo un generoso sorso del mio liquore poi, dalla mia fidata borsa di plastica, recupero la mezza focaccia e l'addento. Nonostante sia stata confezionata ieri, sia rimasta dentro la plastica per tutto il giorno con questo caldo, il sapore non è male. Il bar che l'ha preparata usa prodotti di qualità. Un altro sorso di gin e termino il mio pasto. Ora mi dedico al giaciglio. Stendo, per bene, il cartone vicino al muro di un negozio. In modo da non dare fastidio ai passanti o ai residenti e mi distendo. Ho calcolato che, complessivamente, il mio spazio vitale è di circa un metro quadrato. Prima, mi lamentavo perché il mio appartamento superava di poco i settanta e mi andava stretto. Questo pensiero mi fa sorridere.

Il gin concilierà il mio sonno, pure se tra poco la città si rianimerà. D'estate i rumori continueranno ancora per qualche ora. Prima di addormentarmi ripenso ad Anna e mi tocco la tasca. Il foglio c'è ancora.

Ogni tanto qualche sirena, ma la notte trascorre e, al mattino, il risveglio è uguale al giorno precedente. Il rito con il "mio" bar si ripete. Questa volta, però, il cameriere invece di venire subito da me, si dirige verso l'altro barbone.

Vedo che consegna uno dei due sacchetti che tiene in mano. L'altro ringrazia, quasi sorpreso dalla generosità. Poi, finalmente, il cameriere mi raggiunge.

"Se il mio titolare continua a distribuire cibo gratis, la piazza di riempirà di senzatetto" mi dice, ma senza alcuna cattiveria. Poi si rende conto che sta parlando proprio con un senzatetto e continua "senza offesa, ovviamente".

"Non ti preoccupare, non mi offendo. Hai ragione comunque. Che tipo è quello là?" chiedo, indicando, con lo sguardo, il mio "collega".

"È una signora" mi risponde "ecco perché sono andato prima da lei. Deve avere più o meno la tua età", lo dice come se sapesse che età ho io.

"Che impressione ti ha fatto?" chiedo, più per fare conversazione che per reale interesse.

"Mah, non so che dirti. Doveva essere interessante da giovane, è ancora bella in viso, ma la vita che fate vi trasforma". Ancora una volta non parla con cattiveria e non si rende conto delle *gaffes* che pronuncia ogni volta che apre bocca.

Con le poche informazioni che mi ha dato, mi ha incuriosito e mi metto ad osservare meglio la mia vicina di pilastro.

Intanto, anche per farmi passare il mal di testa, prendo un sorso di liquore e apro il pacchetto del bar. La giornata inizia bene

c'è un cornetto alla crema. Lo divoro con avidità. Ripongo il cartone come ho fatto ieri. Oggi mi procurerò da mangiare nelle cucine di qualche ristorante amico. Rifletto sul fatto che, adesso, le mie uniche decisioni sono queste.
È qualcosa di fantastico non avere altri pensieri, se non dove dormire e cosa mangiare.
Ricordo il senso di una frase di un film-commedia, "per essere liberi, non si deve possedere niente", è un concetto che condivido appieno.
Ma prima di tutto devo lavarmi. Oggi è un giorno feriale. La città è sveglia da un pezzo. Ho ancora qualche moneta. Meglio usare i bagni di Porta Nuova.
Mi muovo lentamente, il caldo è davvero tanto, anche oggi.
Pure la barbona si sta muovendo e sembra seguirmi. Si, percorriamo Via Roma quasi incolonnati. Ho capito, anche lei sta andando alla stazione.
Certo, per una donna deve essere tutto più complicato, penso. Ma è una riflessione leggera. Mi importa solo di me. Infilo la moneta nell'apposita gettoniera ed entrò nei bagni. Apprezzo ancora l'odore di pulito.
Mi spoglio e mi lavo a pezzi. Alcuni fruitori mi guardano sbalorditi, ma quando incrociano i miei occhi si pentono di avere prestato attenzione. Non è la mia prestanza fisica che incute timore ma lo sguardo disilluso e aggressivo che, oramai, ho. Poi scelgo un wc e mi accomodò. Resto seduto molto più del dovuto. Bussano alla porta.
"Sto uscendo" urlo

È l'inserviente, ancora presente quando apro la porta. Mi guarda storto. Poi cambia espressione, anche lui, notando il mio atteggiamento di sfida.

Esco nell'antibagno e la vedo. Anche lei si è lavata. Ha pure la testa bagnata. Doveva essere bella davvero. I capelli sono grigi e ricci. Occhi neri e sguardo accattivante, che la sua condizione non ha ancora spento. Il naso è un po' pronunciato, ma perfettamente incastonato nel suo viso. Ha piccole rughe di espressione ai lati della bocca carnosa. Veste un paio di jeans, grandi almeno due taglie più della sua, stretti al cinto con una logora cintura, per lavarsi si è tolta l'ampio cardigan, sotto cui indossa una canottiera nera di cotone. La pelle, delle sue braccia scoperte, è lucente e deve essere liscia come seta. Qualche livido sul braccio sinistro. È minuta e, contrariamente alla sbadata considerazione formulata dal cameriere, la strada non ha rovinato affatto il suo fisico. A un passante dei pantaloni è attaccato un piccolo moschettone che assicura un anello, di metallo, con due chiavi.

Vorrei o dovrei dire qualcosa, ma non apro bocca.

Anche lei mi squadra dalla testa ai piedi, poi mi dice:

"Abbiamo fatto colazione nello stesso bar e neppure saluti"

"Se è per questo abbiamo dormito sotto lo stesso tetto" le rispondo

Lei abbozza un sorriso. Forse è tanto che non lo fa e quasi se ne vergogna. I suoi denti sono bianchissimi.

"Va bene, ci vediamo" concludo, come se un impegno di lavoro mi chiamasse, con urgenza, altrove.

"Si, vado via anche io" mi risponde e si infila la giacca.

Fuori dalla stazione, prendo a sinistra. A circa un chilometro, su Corso Vittorio Emanuele II, c'è un ristorante che non mi ha mai rifiutato un piatto di pasta. Non ci vado da più di un mese e sono certo che saranno, di nuovo, generosi.

Lungo il percorso, mi fermo a controllare il contenuto dei cestini dell'immondizia. Sono assai più selettivo di come era Giuseppe. Infatti, non trovo alcunché di interessante.

Aspetto si faccia l'ora di pranzo e, prima che arrivino i clienti, mi avvicino. Saluto i camerieri e il titolare. Mi viene offerto un abbondante piatto di pasta con il ragù. È ottimo davvero. Oggi pure un bicchiere di vino e una bottiglia di acqua.

"Con questo caldo, penso sia una cosa preziosa" mi dice il proprietario quando me la porge prima che vado via.

Lo ringrazio per l'ospitalità e mi rimetto in cammino. Raggiungo la "mia galleria" che è tardo pomeriggio. Sempre il via vai di gente. Lei non è ancora tornata.

Per questa sera non devo comprare da bere, ho ancora mezza bottiglia di gin. Non ho qualcosa da mangiare, ma il pranzo è stato abbondante e non avrò fame.

E' quasi sera quando la mia vicina fa ritorno. Ho deciso che le offrirò da bere un po' del mio liquore, più tardi, se lo vorrà.

Quando la folla smette di transitare, mi avvicino. Lei si accorge di me solo quando le dico

"Se vuoi, posso offrirti da bere?" Sembra una frase molto simile a un approccio, come quella che, un tempo, utilizzavo nei pub per fare conoscenza con qualche ragazza.

"Grazie. Si" mi risponde "e tu vuoi un po' di pizza?" continua, mostrandomi un cartone con qualche triangolo di pizza all'interno.

Mi siedo accanto a lei che, con grazia, mi fa posto.

"Mi chiamo Mary e tu?" chiede

Ha una bella voce. L'avevo notato pure questa mattina. Sono un po' restio a dirle come mi chiamo. Alla fine cedo "io sono Giovanni"

Mi porge il cartone con il cibo e io ne prendo un pezzo.

"Mi spiace non ho bicchieri" dico offrendole la bottiglia.

"Roba di classe" dice con un sorriso assai più spontaneo di quello che mi ha fatto oggi. Le piccole rughe adesso sono paurosamente attraenti.

Non devo pensare a queste cose, però. Ormai sono come un asceta.

"Da quanto vivi per strada? sei di qui?" mi chiede

"Da quasi due anni e no, non sono di Torino" le rispondo

"E prima?"

"Prima ero un altro Giovanni e sono lontano parecchi chilometri, dalle mie origini"

"Certo, come tutti. Prima eravamo altri. Nessuno rimane uguale a se stesso. La vita cambia, la vita ci cambia". C'è un, impercettibile, tono di malinconia in quello che ha detto.

Beve il mio liquore, ma a piccoli sorsi e, complessivamente, non più di un bicchiere.

Io invece amo esagerare e la fetta di pizza mi invoglia.

"Come ti procuri il cibo" domando

"Come facciamo tutti. Chiedo qualche moneta ai passanti o nei negozi. Cambio quartiere ogni giorno, così cerco di non incontrare le stesse persone. Talvolta qualcuno mi offre direttamente un panino. Pure questa pizza è stata un regalo"

"Hai chiesto pure al bar qui di fronte?" chiedo

"No, no. Questa mattina, infatti, sono rimasta sorpresa" mi risponde, fissando i miei occhi.

"Il proprietario è un brav'uomo" continuo io. Mi piace come mi guarda, come attira la mia attenzione.

Parliamo ancora di piccole cose. Dopo i silenzi si fanno più lunghi. Lei appoggia la schiena a una colonna e chiude gli occhi. Si addormenta e sono tentato di restarle vicino. Poi mi alzo e lei si desta

"Vado a riprendere la mia postazione" le dico

"Va bene. Io mi stendo allora" riprende lei.

"Si buona notte" continuo e mi sembra tanto strano farle questo augurio.

Nei giorni seguenti la scena si ripete. Lei va quotidianamente in stazione. Io mi adatto anche nelle vicinanze. Le nostre strade si dividono fino a sera. Senza accorgercene, abbiamo preso l'abitudine di condividere ciò che siamo riusciti a recuperare per le "nostre cene".

Ho avvicinato il mio cartone al suo, in modo da non essere troppo distanti di notte. Gliene ho procurato uno migliore e lei lo ha accettato come fosse un gran regalo.

E' quasi notte, in prossimità di una curva, lei approfitta che l'auto rallenta, apre lo sportello dell'auto sportiva e, senza pensarci, si proietta fuori. Nella periferia della città i marciapiedi lasciano il posto ai terreni. Mentre cade spera di non farsi troppo male. E' fortunata atterra quasi in piedi. Rotola in avanti per la forza di inerzia, ma l'adrenalina che le scorre in corpo l'aiuta a riprendere in breve stabilità. Sente il rumore del fiume che scorre oltre qualche fila di alberi. Deve

*arrivarci a ogni costo. L'uomo alla guida inchioda i freni. E'
stato preso alla sprovvista. Non immaginava una simile azione.
Scende dall'auto in tutta fretta. Non c'è nessuno in giro. I fari
posteriori, rimasti accesi, gli consentono di scorgere una
sagoma che si dirige verso il vicino boschetto. Sta per mettersi
all'inseguimento quando ricorda che deve prendere qualcosa
da sotto il sedile. Recupera la pistola cercando di seguire, con
gli occhi, la via di fuga della donna. Con l'arma in pugno, le
corre dietro. Anche se indossa abiti e scarpe comode, le costa
fatica arrivare agli alberi. Le duole una caviglia. La repentina
discesa dall'auto non è stata senza conseguenze. Sente che il
suo inseguitore è vicino. Spera di trovare riparo tra gli alberi,
con il buio. Le tornano in mente le parole amiche, udite al
telefono, che le consigliavano di stare lontano da quell'uomo.
Ormai è troppo tardi. Lui la vede superare la prima fila di
alberi. Accelera non può perderla dopo la fatica, dei giorni
scorsi, per scovarla. Lei ha quasi raggiunto l'argine del fiume.
E' indecisa se tuffarsi, non sa nuotare molto bene. Non c'è più
tempo, lui le è quasi addosso. Si stende per terra e si
appiattisce contro alcuni massi. Lui adesso avanza più
lentamente. Tiene l'arma puntata, in attesa del più piccolo
movimento. La luce della luna si riflette, opaca, sul corso del
fiume, ma gli occhi si sono abituati all'oscurità. Poi un rumore
di ciottoli lui ruota la pistola. E' stata scoperta, è disperata
non ha alcuna via di scampo. Si mette in ginocchio e sussurra
"ti prego parliamo... troviamo una soluzione". Lui non
risponde, preme il grilletto una volta, si avvicina e spara di
nuovo. L'ultimo pensiero è un rimpianto, non avere ascoltato
gli avvertimenti di quella voce amica. L'uomo torna in auto,*

dal piccolo portabagagli prende una corda. Lega i piedi della donna. Il resto della corda lo avvolge intorno a un masso. Spinge il corpo nella corrente, poi solleva il masso e lo lancia il più lontano possibile. Le ore passate in palestra danno il loro risultato. Il masso disegna una buona parabola e si inabissa trascinando il corpo della donna. L'acqua è abbastanza profonda. Almeno per qualche giorno il corpo non riemergerà. L'uomo risale in macchina e torna in città.

È trascorsa quasi una settimana e ho deciso che, oggi, voglio portare Mary con me, alla mensa della Caritas. Ieri sera, tra un discorso e un altro lei ha esclamato "sarebbe bello tornare indietro nel tempo, per fare qualche scelta diversa".
Le voglio fare conoscere Anna, sono certo che sono spiriti affini. Se c'è qualcuno che può aiutare Mary è proprio Anna.
Magari vorrebbe tornare a una vita "normale" ma non lo vuole ammettere, penso.
Prima che lei vada a Porta Nuova le dico:
"Oggi ti porto al "ristorante" dei volontari"
"Ho sempre evitato di andarci, ma va bene. Ci vediamo tra un po'" mi risponde.
Arriviamo quando già c'è la fila, ma non importa, non abbiamo altri impegni.
Quando, infine, entriamo, cerco con gli occhi Anna, mentre controllo di avere ancora in tasca il foglio e la chiave che mi ha consegnato. Le voglio chiedere cosa sono e me ne voglio liberare.
Ma non la vedo. Ritiro il vassoio e chiedo a un ragazzo che sta distribuendo il primo.

“Dov'è Anna? Non la vedo”

“Non lo so. Ora mi informo e ti faccio sapere” mi risponde cortese

Ci sediamo insieme ad altri tre. Mary è assai più socievole di me. In breve, ha fatto conoscenza con ognuno di loro. Uno sta raccontando una barzelletta un po' sconcia e lei ride. Provo una sensazione, sopita da tempo, un misto tra gelosia e insofferenza, nei confronti del narratore e mi devo sforzare per non darlo a vedere.

Sto iniziando a mangiare il secondo, quando si avvicina il ragazzo a cui ho domandato.

“Eri tu che mi chiedevi di Anna?”

“Si” gli rispondo

“Beh. Mi hanno detto che non si vede da tre giorni e che ha il telefono spento. Non ho altre notizie purtroppo” riprende lui.

Lo ringrazio. “Non ci voleva” penso. Avrà avuto impegni. Pazienza proverò nei prossimi giorni.

Quando andiamo via, Mary saluta, come vecchi amici, gli altri commensali. Io faccio solo un cenno con il capo. Ho idea che si siano convinti che siamo una coppia. Ma non è così.

Trascorrono altri tre giorni ed io provo, di nuovo, a cercare Anna. Questa volta vado da solo. Non ho detto a Mary che sarei andato alla Caritas. Non voglio che diventi una abitudine….per lei. Ma anche questa volta Anna non c'è. Il ragazzo a cui avevo domandato, giorni prima, mi dice che loro sono preoccupati, ma aggiunge “il volontariato non è un contratto, se qualcuno si stanca non deve delle giustificazioni”.

“Ma qualcuno ha il suo indirizzo di casa?” chiedo

"Io no di sicuro. Forse il responsabile. Ma non credo sia disposto a fornirlo a chiunque. In ogni caso io mi chiamo Stefano se hai bisogno di qualcosa puoi chiedere a me" risponde.

"Tu prova a domandare al tuo responsabile, per favore. Grazie per la tua offerta, comunque non ho bisogno di niente. Devo solo restituire ad Anna qualcosa che mi ha lasciato.. anzi che mi ha prestato" evito per un soffio di rivelare più del dovuto.

"Posso provare. Ma non ti assicuro nulla" mi risponde e continua "torna domani"

Percorro la strada fino a Via Po. Anche qui c'è qualche ristoratore di buon cuore e io, oggi, devo ancora mangiare qualcosa.

Guardo distrattamente le vetrine dei negozi. Ad un tratto lo vedo. Il tizio che parlava con Anna. Non scordo mai i visi delle persone, una deformazione professionale della mia vita precedente.

Indossa un pantalone di ottima fattura. Non ha la giacca. Sulla sua impeccabile camicia bianca, questa volta, fa bella mostra un cravatta colore arancione a pois. Il tutto fa risaltare il suo invidiabile corpo da atleta. Sono certo che le donne, anziane o giovani, che varcano la soglia del negozio non siano attratte solo dalla luccicante mercanzia.

Guardo l'insegna del negozio *"Colla Gioielli"*. È una elegante gioielleria e il nome, si il nome lo conosco. Al momento non riesco, però, a rammentare dove l'ho già sentito.

Sta mostrando una serie di collane a una cliente, mentre due commesse vanno e vengono, dal retro, con i rotoli di panno.

Mi fermo solo un attimo, ma è sufficiente perché anche lui mi scorga. Mi fissa per qualche secondo e poi torna a parlare con la potenziale acquirente.

Raggiungo il ristorante e, anche qui, riesco a ottenere un piatto di pasta. Funghi e speck. Buona davvero. Niente vino purtroppo. In compenso, prima che vado, mi danno, anche, un panino con una cotoletta, confezionato in carta stagnola. Questa sera lo dividerò con Mary.

Il caldo è meno intenso. Siamo a fine agosto e il cielo minaccia pioggia. Sarebbe una benedizione. Anche le zanzare, di notte, sarebbero meno assillanti se piovesse.

Mentre mi allontano per raggiungere il "mio" colonnato, mi torna in mente tutto.

Circa tre anni prima, quella gioielleria è stata teatro di una tragedia. Una tarda sera di inverno, due rapinatori irruppero all'interno. Minacciando il proprietario e i dipendenti, si fecero aprire la cassaforte. Come nella più classica tradizione, un terzo malvivente attendeva fuori, su un auto. Sottrassero un bottino, allora, quantificato in oltre cinque milioni di euro, di preziosi. Prima di darsi alla fuga, però, ingaggiarono un conflitto a fuoco con il titolare, che aveva impugnato una pistola, celata sotto il banco. Il derubato aveva avuto la peggio. Colpito, da diversi colpi di arma, non era sopravvissuto, nonostante la corsa in ospedale.

Era rimasto ferito pure un dipendente, che dopo poco tempo era sparito. Si era sospettato, a quel tempo, che fosse stato proprio lui il basista della banda.

Non ricordo più come si conclusero le indagini, tranne che i gioielli non furono mai più ritrovati, così come non si seppe più

nulla dei rapinatori. Quello che ho visto deve essere il figlio. Credo che, allora, sia apparso in TV. Era molto più giovane e non sembrava così arrogante, come da l'impressione di essere adesso. Ma che c'entra lui con Anna. A mio parere, appartengono ad ambienti diversi. Magari, quando la vedo le chiederò anche questo, o forse no.
Intanto mi devo occupare della mia questua giornaliera, altrimenti non avrò cosa bere più tardi.

Torna a casa. Come sempre, dopo una giornata di lavoro, si concede una rilassante doccia. Ha declinato l'invito per un appuntamento mondano. Che peccato, avrebbe incontrato molti conoscenti, qualche amico. Avrebbe ascoltato buona musica, gustato elaborati cocktail, forse rivisto quella favolosa biondina, figlia di un magnate della finanza, con cui ha flirtato in passate occasioni, ma che, ancora, non è riuscito a portarsi a letto. Quest'ultimo pensiero lo fa sorridere. Il primo sorriso spontaneo della serata, diverso da quello che sfoggia nei rapporti di lavoro. Comunque sia, ora ha altro a cui pensare, ecco perché ha preferito restare solo, questa sera. Con un telo avvolto sui fianchi, si versa un bicchiere di rum e si stende sul divano. Accende, per inerzia, la TV e sorseggia il liquore. Nel pomeriggio ha ricevuto una telefonata. Alcune persone, con cui ha concluso affari in passato, gli hanno dato una notizia. Molto importante per lui. Si sente sollevato, perché un problema è stato risolto. Certo non è stato un favore da amici. Al contrario, si è trattato di un impegno assai oneroso. Ma si sente ugualmente soddisfatto. Ecco il motivo per cui non ha voluto vedere gente questa sera. Deve pianificare le prossime mosse. La questione è più complessa, anche se il superamento di questo primo scoglio lo fa ben sperare. Il sollievo lascia spazio a una riflessione, sulla voce roca del suo interlocutore telefonico. Si narrano, persino, leggende su di lui. Si dice che un tempo fosse un sicario. Tra i più implacabili, si favoleggia che abbia ucciso, pure, alcuni suoi familiari. Adesso è a capo di una ramificata organizzazione e può delegare ad altri questa attività. La polizia e la magistratura hanno provato a instaurare processi a suo carico. Tutti conclusi con la sua assoluzione o il suo proscioglimento, perché i testimoni o le prove materiali, misteriosamente, sono spariti. Lo ha incontrato una sola volta, nella hall di un grande albergo. A prima vista gli era parso un uomo gracile, con capelli grigi lisci, pettinati all'indietro, con eccessivo uso di gel fissativo, occhi chiarissimi, dietro un paio di occhiali da vista senza montatura e labbra strette. Era inimmaginabile che, uno cosi, potesse essere lo stesso degli atroci racconti, ma quando aveva cominciato a parlare si era dovuto ricredere. Quell'uomo, che ora indossava vestiti eleganti e sportivi, era un vero animale, un predatore spietato. Anche adesso che lo ha sentito, solo, telefonicamente, il senso di disagio si impadronisce di lui. E' consapevole che il "favore" ricevuto, pure se lautamente compensato, dovrà essere ripagato anche in altro modo. Non oggi, forse non domani e neppure tra un anno, ma un giorno il suo telefono squillerà e quella voce roca formulerà la sua richiesta e lui sarà costretto a "contraccambiare". Ecco perché si versa un'altra dose di rum e la beve tutta in un fiato

È quasi sera quando torna anche Mary. Sembra stanca e sta cominciando a piovere. Infatti, percorre gli ultimi cento metri con l'ombrello aperto. L'aria rinfresca all'istante. Mi avvicino e lei gira la testa dall'altro lato. Le vado incontro, sta piangendo.

"Che ti è successo? Stai male?"

"Niente. Lasciami stare. Sono una donna. Sono una donna stupida" mi risponde quasi urlando, e allunga il braccio sinistro, per tenermi distante.

"Che ti è successo" ripeto, anche se ho intuito qualcosa, rispetto il suo bisogno di non essere toccata.

"Erano due. Mi hanno fatto male. Nessuno mi ha aiutato. Tu dove eri?" continua a voce alta.

Capisco che è distrutta. Quello che le è accaduto lacera, allo stesso tempo, corpo e anima.

In passato, la mia ex attività, mi ha posto di fronte a situazioni simili. A caldo, la reazione delle vittime ha connotati comuni. Un misto di paura e rabbia, Lei, adesso, deve incolpare qualcuno. Io sono quello più vicino, con cui può prendersela. Accetto senza parlare.

Mi allontano in modo che lei possa riprendere le fila della sua "brutta" giornata.

A distanza vedo che continua a piangere. In modo sommesso, quasi si vergognasse di farlo vedere. Poi smette e sistema le sue cose, come se fosse la cosa più urgente da fare.

Provo di nuovo ad avvicinarmi. Questa volta sembra più disponibile a farsi "consolare".

"Come stai?" chiedo. Non so davvero cosa dirle, se non questo.

"Come posso stare" la sua voce è rassegnata.

Cerco di essere il più onesto possibile "so di non potere fare molto se non ascoltarti, se vuoi parlare. Posso accompagnarti in ospedale o dalla polizia. Lì sapranno cosa fare per te" riprendo "Non voglio andare da nessuna parte. Avrei, solo, bisogno di avere un bagno a disposizione"

"Andiamo in stazione. Lì sono ancora aperti i servizi" le dico

"Non ho un soldo. Pure quelli mi hanno portato via" mi risponde, con rabbia.

"Ho io qualcosa. Non ti preoccupare" continuo.

Le tendo la mano per aiutarla ad alzarsi. In principio, sembra voler rifiutare qualsiasi contatto. Poi me la prende e non la lascia finché non arriviamo a Porta Nuova.

La accompagno fin dove posso, ho monete solo per un ingresso. Lei entra e io l'aspetto fuori. Rimane nel bagno per più di un ora. Quasi mi preoccupo che si sia sentita male. Chiedo all'inserviente di controllare. Quello, dopo poco, torna e mi dice

"Sta uscendo"

Quando viene fuori, ha il viso arrossato, come se lo avesse strofinato con una spugna per i piatti. Immagino che abbia sottoposto ogni angolo del suo corpo allo stesso trattamento.

Senza parlare mi raggiunge e mi prende di nuovo la mano.

Non sono più abituato a queste cose. A prendermi cura di qualcuno. Ma la lascio fare. Questa sera le consento tutto.

Torniamo in Piazza San Carlo sotto la pioggia. Sistemo il mio cartone vicino al suo. Lei è ancora in silenzio, seduta e tutta rannicchiata. Non per il freddo dell'aria, ma per quello che ha dentro di sé. Dal mio sacchetto estraggo il panino e una bottiglia di vino, che ho comprato nel pomeriggio.

"Non ho fame" mi dice, quando vede quello che ho in mano.

"Devi mangiare, invece" le rispondo, mentre lo scarto.

"Allora lo dividiamo" riprende lei, dopo che glielo poggiato sul grembo.

"No. Io sono apposto così. Voglio solo un po' di vino questa sera" le rispondo.

Lei da il primo morso al panino. Sono certo che non ha toccato cibo oggi. Mi siedo al suo fianco e sorseggio il vino. Poi le passo la bottiglia e lei beve avidamente. Si sta calmando, o meglio ci sta provando. Dopo avere mandato giù l'ultimo boccone, si distende e poggia la testa sulle mie gambe. A voce bassa, riprende il racconto.

"Erano due. Forse mi seguivano da un po'. Mi hanno spinta dentro l'atrio di un palazzo, con il portone aperto. Uno mi ha messo la mano sulla bocca e nell'altra teneva un coltello. Quasi non riuscivo a respirare. L'altro mi ha abbassato i pantaloni". Mentre parla riprende a piangere e io le accarezzo la testa e le cingo le spalle.

"Quello con il coltello mi teneva stretta, mentre l'altro mi ha preso da dietro. Poi ha tentato pure l'altro, ma non ha avuto l'erezione. Mi ha picchiato, dicendomi che gli facevo schifo, mentre l'altro lo derideva. Poi mi hanno buttato per terra, mezza nuda, minacciandomi di sgozzarmi, se fiatavo. Hanno cercato nel mio giubbotto e si sono presi i pochi euro che avevo racimolato. Poi se ne sono andati. Non c'era nessuno, come è possibile?" Quest'ultima frase la dice singhiozzando.

Io resto in silenzio. Provo un senso di rabbia assoluta.

Continuo a tenerla stretta e, con le dita, le asciugo le lacrime sul viso. Anche lei si stringe a me. Piano piano la sento rilassare. Le ha fatto bene raccontare cosa è successo. Dopo un po' si addormenta. Me ne accorgo perché due tremiti la scuotono. Io muovendomi lentamente, per non disturbarla, dal mio sacchetto, prendo una lametta e armeggio a lungo. Servendomi di un tappo di birra, elimino la sottile striscia di plastica sotto la seconda lama. Ora il filo del rasoio è nudo. Da piccolo mi dilettavo a trasformare, in armi, oggetti di uso comune. Come ad esempio, appiattendo alcuni chiodi, usati nell'edilizia, sulle rotaie del treno. Ripensandoci, non sono stare rare le occasioni in cui ho messo in pericolo la mia e la vita di altri. Valuto che lo strumento che sto modificando può provocare, facilmente, delle ferite, anche se poco profonde. Con questo semplice aggeggio, non occorre una forte pressione per fare sgorgare il sangue. Glielo darò domani mattina, così che lei lo possa tenere in tasca e usarlo in caso di bisogno. Io ho una spranga di ferro. Un pezzo di tubo, lungo circa sessanta centimetri che era di Giuseppe e che porto sempre con me, dentro il mio sacchetto.

L'alba mi sorprende con la testa di Mary ancora sulla mia gamba. Per il peso e per l'immobilità, mi duole un po', ma continuo a lasciarla riposare.

Si scuote quando il "nostro" cameriere ci porta due brioche. In due bicchieri di plastica, ci sono, pure, due caffè macchiati.

Oggi proprio come nella mia precedente vita.

"Come stai? Hai dormito tutta la notte"

"Avevo un ottimo cuscino" mi risponde.

Mi fa un sorriso che è più dolce del sole che sta spuntando. Mi fa una infinita tenerezza, sembra quasi che voglia fare dimenticare a me, quello che è successo a lei.

“Ho preparato questa per te” le dico, mentre le consegno la lametta.

“Che dovrei farci? Radermi?” mi risponde tra il sorpreso e il sarcastico.

“No. Nel caso dovesse capitarti, di nuovo, di avere a che fare con brutta gente” le rispondo facendole notare la lama libera del rasoio.

“Ripeto. Mi devo fare la barba?” riprende lei. Si sta innervosendo. Sicuramente perché le ho rammentato l’episodio che vorrebbe, presto, dimenticare.

In maniera remissiva le spiego come usarla e le raccomando di tenerla sempre in tasca.

Mentre addenta il suo dolcetto mi chiede “ma se non ho il tempo di prenderla dalla tasca?”

“Beh in quel caso, se hai una mano libera, cerca gli occhi o la parte tra la bocca e il naso. Sono i punti più delicati e dolorosi del viso e colpisci più forte che puoi. Poi prendi la lametta e fai come ti ho detto”

“E se lo uccido?” mi chiede

“La lama è troppo corta per essere mortale. Farai solo uscire un po’ di sangue, ma niente di più” le rispondo “in ogni caso la scelta è tra lui e te. Decidi tu”

Finiamo di mangiare e di sorseggiare il caffè, mentre la pioggia che è scesa per tutta la notte non accenna a smettere.

“Devo andare alla Caritas oggi” le dico.

“Posso venire con te?” chiede.

Capisco che non vuole restare sola e io non voglio lasciarla sola.

“Si certo. Quando sei pronta andiamo” le rispondo.

Poco dopo siamo in cammino. È una fortuna che lei abbia un ombrello. Quasi non ci bagniamo. Il furgone dei volontari si accosta al marciapiede proprio mentre noi arriviamo. Il ragazzo a cui ho chiesto notizie è l'ultimo a scendere, con uno zaino enorme su una spalla, mentre nell'altra mano regge un sacco. Mi vede e fa cenno di avvicinarmi.

"Come immaginavo il responsabile non mi ha dato l'indirizzo di Anna" esordisce "ho parlato con gli altri volontari e qualcuno mi ha detto che, diverse volte, è passato a prenderla all'angolo tra Corso Regina Margherita e Porta Palazzo. Credo abiti da quelle parti. Di più non so dirti"

"Mi ricordi il cognome di Anna" chiedo ancora, facendo presupporre di conoscerlo. In verità non credo di averlo mai saputo, per me lei è stata sempre e solo Anna.

"Il cognome di Anna è D'Arpa" mi risponde lui.

Ho un attimo di esitazione. Quel cognome mi è familiare. Come se facesse parte dei miei ricordi o forse è solo perché è molto simile al mio.

"Grazie infinite. Proverò a cercarla lì. Si è più fatta viva con la vostra associazione?"

"No, no. Tutti credono abbia davvero deciso di smettere" mi risponde il ragazzo mentre si avvia dentro.

Lo fermo per chiedere se Mary può usare il bagno della struttura.

"Si, certo l'accompagno io" mi risponde Stefano.

Io aspetto fuori con l'ombrello aperto, solo dopo una buona mezz'ora, Mary è di nuovo con me e esordisce

"Come mai cerchi quella volontaria?"

"Le devo consegnare una cosa"

"Stefano mi ha fatto un sacco di domande, mentre mi accompagnava. Voleva sapere cosa dovevi restituire ad Anna. Ho risposto che non lo sapevo, perché tu non sei molto loquace. Infine mi ha detto che se vuoi puoi lasciare a lui, vedrà come farglielo avere"

"No, no. E' qualcosa che posso restituire solo a lei" rispondo

"Vuoi andare davvero a cercarla?"

"Si lo devo fare. Possiamo aspettare che spiova, però"

"Vuoi mangiare qui oggi o vediamo se riusciamo a recuperare qualcosa da un'altra parte?" chiedo

"Proviamo altrove. Non riesco a stare tra la gente oggi" mi risponde.

Transita davanti a quel caseggiato almeno due volte al giorno. Spesso si ferma a guardare i volti noti che circolano lì intorno. Troppo pericoloso scendere e farsi notare. L'auto, che usa, è stata comprata in seconda mano e in contanti, da persone che non hanno chiesto di fare il passaggio di proprietà. Pertanto è totalmente anonima. Può, persino, permettersi di passare davanti al suo luogo di lavoro, nessuno conosce questa macchina. Talvolta vede i suoi ex colleghi che si danno un gran da fare. In una di queste occasioni, ha visto il suo "nemico" parlare con uno di loro. Ha immaginato quale fosse l'oggetto della discussione. Oggi guidando vicino la sua abitazione vede il ragazzo. Ha la tentazione di fermarsi per salutarlo. Invece, si limita ad accostare poco più avanti e, quando lo vede entrare, prova un senso di sconforto e delusione. Non si interessa al tempo che impiegherà il ragazzo o cosa sta facendo. Riavvia l'auto e si confonde nel traffico.

Da quanto ha visto trae due insegnamenti. Il primo che non può fidarsi di nessuno e il secondo che è difficile, se non impossibile, cambiare le proprie inclinazioni. Non è un attacco di misantropia, ma sente ugualmente il bisogno, quasi fisico, di isolarsi. Raggiunge, in breve, le due stanze che ha preso in affitto e chiude dietro di se la porta, per lasciare tutto il mondo fuori.

Andiamo in Piazza Bodoni. Anche qui ci sono due ristoranti che mi conoscono. Uno ci offre dei salumi, un pezzo di formaggio e del pane.

Mary spilluzzica appena. Io mi confeziono in panino che mangio con buon appetito. Poi ci mettiamo, di nuovo, in cammino, ma solo per tornare sotto i portici. Oggi non sta smettendo di piovere. Posso aspettare. Anna può aspettare.

Stiamo insieme tutto il giorno non torno sulla sua "disavventura" di ieri. Lei non ha aperto bocca. Anzi, nel pomeriggio, sembra essere più taciturna. Provo a coinvolgerla in qualche futile discussione, ma lei risponde con monosillabi. Capisco che vuole stare un po' sola. Alla fine, come se fossi io a prendere l'iniziativa le dico:

"Se devo chiedere l'elemosina non possiamo stare troppo vicini".

"Si non ti preoccupare, mi metto al solito posto" mi risponde.

Verso sera il cielo sembra aprirsi un po'. Ora l'aria è più fresca e si respira meglio. Sono riuscito a racimolare qualche euro. Sufficiente per comprare un pezzo di focaccia. Poi è rimasto del vino della sera prima. Per questa sera siamo apposto così.

La raggiungo quando il sottopasso si svuota e le mostro il denaro.

"Dura giornata di lavoro" mi dice, con un pizzico di sarcasmo.

"Vuoi approfittare o preferisci il digiuno questa sera" le rispondo, con tono piccato. Non sono affatto offeso, assumo questo atteggiamento solo per scuoterla.

"Scusami. Sono nervosa e non dovrei prendermela con te" continua, sinceramente pentita.

"Fa niente. Andiamo insieme a comprare qualcosa?"

"Si, si. Ma non esageriamo" riprende. Questa volta cerca di farmi sorridere.

Dopo avere mangiato ci sistemiamo di nuovo vicini. Fianco a fianco e la sua testa si poggia sulla mia spalla. Continua a essere una strana sensazione, sentirsi parte della vita di un altro essere umano, dopo così tanto tempo.

Il giorno dopo c'è nuovamente il sole. Il caldo, però, non è così intenso come nei giorni scorsi. Di buon mattino andiamo verso Porta Palazzo. Io, ora, conosco il cognome di Anna. Confido, anche, nel fatto che una bella ragazza, come lei, non passi inosservata e che qualcuno, alla fine, mi sappia indicare dove abita.

Chiedo un po' a tutti i negozianti. Dal panettiere al negozio di tessuti, dal fruttivendolo al negozio di giocattoli. Nessuno sa darmi notizie. In verità, non tutti sono cortesi. Talvolta veniamo cacciati in malo modo. È quasi ora di pranzo e ancora niente. Poi un venditore ambulante di colore mi fa cenno di avvicinarmi.

"Cerchi Anna. Quella che distribuisce i pasti?"

"Si si" rispondo

"La conosco. Qualche volta, anche io sono stato un ospite di quelle mense. Si, abita qui vicino. Credo in uno di quei due palazzi" mi dice, indicando il lato opposto, a quello in cui mi trovo, di Corso Regina Margherita.

L'ambulante continua "credo che di cognome faccia D'Arma o D'Arpa"

"Si credo che il cognome sia proprio D'Arpa" replico con riconoscenza.

Lo ringrazio per l'informazione e, con Mary, attraverso la strada. Il primo stabile ha un ampio androne e, sulla destra, la pulsantiera dei citofoni. Leggo i nomi e la trovo "D'Arpa"

Ancora una volta quella sensazione di familiarità, ora che vedo scritto quel nome. Così, come mi è accaduto solo qualche giorno addietro, per la gioielleria Colla, anche questo cognome mi è noto. Pigio il pulsante e resto in attesa. Nessuna risposta. Decido di attendere un po', è quasi l'una del pomeriggio. "Forse presto tornerà a casa" dico ad alta voce e Mary mi guarda con aria accondiscendente.

Poco dopo arriva una signora, con le buste della spesa. Ci guarda un po' schifata, mentre armeggia, con circospezione, dentro la sua borsa. Infine, senza perderci di vista, prende un mazzo di chiavi e apre il portone a vetri del palazzo. Entra dentro, in velocità e, quasi, fa un sospiro di sollievo quando il portone si richiude.

Continua a fissarci da dentro. Poi riapre l'imposta e dice, con tutta l'autorità che riesce a mettere nella sua voce, "non potete stare qui. È proprietà privata".

Il primo istinto è di mandarla a quel paese. Ma le dovrei, anche, spiegare che non è possibile imporre a gente come noi delle regole, visto che abbiamo fatto la scelta, di vita, di non averne. Poi cerco di essere conciliante

"Stiamo cercando Anna D'Arpa"

"Ah. Non la vedo da un po'. Abita nell'appartamento sopra il mio" risponde, con tono più sereno.

"Se la vede, può dirle che Giovanni è venuto a trovarla"

"Giovanni come?" chiede la signora.

"Giovanni e basta. Lei sa chi sono e sa dove trovarmi" le rispondo

"Va bene" fa lei richiudendo il portone, poco convinta.

Passiamo davanti una panetteria, mentre torniamo verso piazza San Carlo. Ho ancora qualche moneta. Chiedo un pezzo di focaccia. Il negoziante la incarta. Mi mancano dieci centesimi, il commesso abbozza un sorriso "me li porti la prossima volta" dice e aggiunge un po' di farinata.

Mentre camminiamo gustandoci la focaccia e la farinata continuo a pensare al cognome di Anna, "dove l'ho già sentito". Quando arriviamo a Piazza Castello ricordo

"Era il nome del presunto basista della rapina" dico di nuovo ad alta voce

"Che cosa hai detto?" mi chiede Mary

"Niente. Mi sono ricordato una cosa" le rispondo

"Ti rendi conto che parli da solo mentre pensi" riprende lei e poi continua "Di che rapina parli?"

Le rispondo con un'altra domanda, una che non le ho mai fatto "da quanto vivi così?"

"Per strada dici? Da circa quattro anni. Perché?"

"Allora forse non te ne puoi ricordare. Poco distante da qui, circa tre anni addietro c'è stata una rapina in una gioielleria".

Le racconto quello che ricordo sulla vicenda e, aggiungo, che Anna ha lo stesso cognome del presunto complice dei rapinatori. Quello che era impiegato presso la gioielleria e che in seguito si era allontanato da Torino. Quando, allora, del caso se ne erano occupati gli organi di stampa, avevo notato l'assonanza con il mio cognome. Colgo l'occasione e le rivelo, pure, dello strano foglio che Anna mi ha dato e della chiave e glielo mostro.

"La chiave è semplice, aprirà qualcosa, ma che significano i numeri? " chiede

"Si, è ovvio che la chiave apre qualcosa. Ma cosa? E poi non sono certo di volere sapere" dichiaro, con convinzione

"Dai potrebbe essere divertente, come giocare alla caccia al tesoro. Non sei curioso di sapere?" continua Mary, con una luce nuova negli occhi.

"Vedremo. Resta il fatto che Anna non mi ha dato disposizioni su cosa farne della chiave. Il fatto che al momento non sia rintracciabile non mi autorizza a utilizzarla, ammesso che riuscissimo a capire cosa apre" rispondo

"Si certo, ha ragione, meglio aspettare" riprende Mary.

Voglio ripassare davanti alla gioielleria di via Po. Questa volta scelgo il marciapiede opposto. Mary si fa trascinare senza opporsi.

Si vede poco, anche se dentro è illuminato. È ancora chiuso. Aprirà nel tardo pomeriggio. Cerco di immaginare la scena della rapina. È una via trafficata. I rapinatori dovevano essere degli esperti. Non si può rischiare così tanto se la riuscita non è sicura. Chi ha condotto le indagini, allora, deve avere fatto la stessa considerazione. Ci vuole qualcuno all'interno che ti dia informazioni sicure e che, se possibile, ti faciliti il compito. Le forze dell'ordine poi, transitano qui di frequente. È una zona centrale. Ragiono ancora come un poliziotto. Aspetterò ancora qualche tempo poi forse darò ascolto a Mary, farò la caccia al tesoro.

Nei giorni successivi spero che Anna abbia ricevuto il messaggio e mi venga a trovare. Ma non accade. Decidiamo di andare a mangiare alla mensa. Nel frattempo, il meteo è decisamente cambiato. Ora, nelle notti, stare vicino a qualcuno è gradevole. Mary, in ogni caso, viene sempre con me e il suo odore è, decisamente, più buono di quello che aveva Giuseppe. Siamo diventati una coppia, una coppia folle. L'ho perfino portata ad ammirare la Mole Antonelliana, di sera, quando è tutta illuminata. Lei c'era già stata, tante altre volte, ma le ha fatto piacere ritornarci con me. La visita mi ha fatto tornare in mente il mio "amico" Giuseppe".

Alla mensa, ci mettiamo in fila. Quando arriviamo al banco di distribuzione, Stefano mi si avvicina.

"Hai saputo di Anna?" chiede

"No. Cosa?" rispondo, mentre una strana vibrazione mi attraversa il corpo.

"E' ufficialmente scomparsa. La polizia la sta cercando. Pensano le possa essere accaduto qualcosa di brutto. Tu l'hai più vista?" continua lui.

"No. Anzi, se puoi, tienimi informato se viene fuori qualche novità?" riprendo io, mentre mi accorgo che il mio istinto sta provando a dirmi qualcosa.

"Si certo. A proposito, se vuoi puoi lasciare a me quello che devi restituire ad Anna. Penserò io a depositarlo presso la sede della nostra organizzazione, nel caso la nostra amica si rifaccia viva" mi dice ancora Stefano

Ecco che di nuovo si propone di fungere da custode. Anche se non lo da a vedere è troppo interessato, ma io rispondo senza esitazione, con una menzogna a cui non crederei neppure io "devo restituire ad Anna un libro che mi aveva prestato"

"Sapevo di questa storia dei libri in prestito, ma non sapevo chi fosse quello che li leggeva. Mi fa piacere sapere che sei tu. Vuoi lasciarlo a me?" ripropone lui.

"No, no. So quanto lei ci tenga. Preferisco farlo io, quando sarà possibile" rispondo

"Va bene. Vai a pranzare adesso. Anna è, davvero, troppo in gamba e sa trovare del buono in ogni persona che incontra. Sono certo che potrai restituirglielo con calma" conclude lui

Mi siedo al tavolo dove già Mary ha preso posto intrattenendo, come al solito, gli altri commensali. Per fortuna sembra che sia tornata quella di prima o forse è solo una apparenza. Mi chiedo come e cosa era prima di diventare una barbona. Una casalinga, un'impiegata, forse una manager. Non credo abbia figli, ma forse ha avuto un marito, oppure solo un compagno. Non le farò mai domande al riguardo e neppure cosa l'ha spinta a cambiare. Sono convinto che sono pochi a diventare degli "invisibili" per scelta, come nel mio caso. Più spesso è l'insostenibilità di situazioni economiche o familiari. Qualche anno addietro, nella mia città, una coppia ha iniziato a vivere per strada, dopo essere stata sfrattata dal un alloggio popolare. Dopo molti mesi, anche grazie all'interessamento delle forze dell'ordine, il comune aveva assegnato alla coppia un altra sistemazione. I due però non erano più interessati ad avere un

tetto sopra la testa e non sentirono ragione. Si erano adattati a vivere per strada e sembravano felici. Allora non ero riuscito a comprenderli. Un pomeriggio, invece, mentre passeggiavo per una delle vie, del centro storico della mia città, sono stato colto da un pensiero o meglio da un desiderio, non mi dava fastidio la folla che era presente in quella strada, ma non volevo confondermi con essa. Non volevo più essere costretto a salutare i molti che mi conoscevano e che incrociavo. Ho realizzato, in quel momento che l'unico modo, per me, di realizzare quel desiderio era diventare trasparente. Questo pensiero è diventato, con il passare del tempo, persistente fino al punto di farmi prendere la decisione di scomparire.
"Che hai? Sei pensieroso" mi dice dopo un po' Mary, che non ha ascoltato le parole di Stefano.
"Anna è sparita. La stanno cercando" le rispondo
"Mi spiace tanto. Speriamo che la trovino".
Non sono solo in pensiero per le sorti di Anna. Mentre consumo il mio cibo ripenso a come si è posto, prima, Stefano. Come se io potessi saperne qualcosa della sparizione di Anna o comunque che possa avere un qualche tipo di informazione. Sono convinto, inoltre, che non si è bevuta la storia del libro in prestito, però ha avuto il buon senso di non insistere.
A sera, quando Mary si addormenta, ripercorro gli ultimi giorni. Questa sera non ho bevuto troppo. Voglio pensare, ma ho fatto male.
Ho abbandonato tutto e non voglio tornare indietro. Devo ammettere, però, che gli intrighi mi hanno sempre affascinato. Ero entrato nelle forze dell'ordine, anche, per questo. Poi il lavoro si era rilevato più normale e sedentario di come lo avevo

immaginato. Nel corso della mia carriera c'erano stati momenti "esaltanti", per avere scoperto gli autori di reati, anche efferati, ma erano più i giorni a sbrigare scartoffie che quelli sul campo. Faccio il punto della situazione, con gli elementi che ho a disposizione. Anna mi consegna una serie di numeri e una chiave, dopo che io l'ho vista in compagnia del figlio del gioielliere ucciso anni prima. Anna non è più rintracciabile e porta lo stesso cognome del commesso della gioielleria ferito e scomparso. Ci deve essere sicuramente un nesso. Potrei andare in questura a raccontare tutto, ma questo significherebbe, per me, tornare alla visibilità che ho abbandonato. Per non dire che, almeno all'inizio, avrei i miei problemi per farmi ascoltare. Ora il dubbio è mi devo interessare, oppure farmi scivolare tutto addosso. Con questo dilemma mi addormento.

Il giorno dopo ho deciso. Voglio sapere.

Dopo che Mary ha fatto la sua quotidiana visita alle toilette della stazione. Ci sediamo su una panchina e io estraggo il foglio.

"Allora da dove cominciamo? Cosa vorranno dire questi numeri?" dico, guardando quello che ho in mano.

"Indicano sicuramente il luogo dove è nascosto qualcosa. Sono certa che è una cassetta di sicurezza o qualcosa di simile" risponde Mary

"Non credo sia una banca. Deve essere qualcosa di più accessibile. Anche per gente come noi. Anna non me l'avrebbe affidato altrimenti" replico.

"L'unico altro luogo che mi viene in mente e un deposito bagagli" riprende Mary

"Si è molto probabile. Ma quale? C'è ne sono diversi a Torino" continuo io.

"Proviamo con quello che c'è qui a Porta Nuova"

Entriamo, di nuovo, in stazione e andiamo al deposito bagagli.

L'addetto ci guarda perplesso "avete bisogno di qualcosa?"

"Facciamo da soli" dico mostrando la chiave.

Pure se con pizzico di sospetto ci lascia fare.

All'interno ci sono diversi armadi con celle di dimensioni diverse e con numerazione progressiva. Provo a inserire la chiave nel numero 3. Non funziona. Poi nella serratura del 4. Anche questo non apre. Infine nel 8. Nulla. Sarebbe stato troppo facile. Non è questo il deposito giusto, oppure i numeri hanno un altro significato.

Usciamo all'aperto, il cielo è nuvolo. Forse pioverà di nuovo. Siamo senza una moneta e per pranzo torniamo alla mensa della Caritas.

Per tutto il tempo della distribuzione non vedo Stefano. Lo incontro fuori quando stiamo andando via. Mi ferma.

"Ci sono novità. Ho saputo che qualcuno ha rovistato nell'appartamento di Anna. Ecco perché temono le sia accaduto qualcosa" mi racconta, cercando di interpretare la mia espressione

"Mi spiace davvero. Come tu stesso mi hai detto il suo appartamento è dalle parti di Porta Palazzo. Me lo ha confermato un tizio che lavora lì vicino" rispondo

"Si è in Via Regina Margherita" riprende Stefano che, accorgendosi di avere aggiunto una precisazione continua "me lo ha detto quello che, qualche volta, le ha dato un passaggio".

Mentre ci allontaniamo Mary, che ha ascoltato, mi dice "potrebbe essere che cercano la chiave che Anna ha dato a te"
Ci ho pensato anche io mentre il ragazzo parlava.
"Può essere" rispondo. L'intuizione di Mary, però, è corretta.
Nel pomeriggio proviamo in altri due depositi, ma il risultato è lo stesso.
Poi decido che è meglio provare a ottenere qualche moneta. Ci sediamo sotto la galleria e sistemo il mio berretto.
A sera abbiamo la possibilità di comprare un panino e una birra.
Ci ripariamo con l'ombrello per spostarci, si è rimesso a piovere.
Quando ci sistemiamo per la notte esco dalla borsa il mio giaccone.
Mary si stringe a me. So, con certezza, che ogni giorno si lava completamente, fa odore di pulito, pure adesso che è sera.
"Sei l'unico che, finora, non ha provato a toccarmi" mi dice seria
"Non credere che non ti trovi interessante. È solo che, quando ho imboccato questa strada, ho tenuto conto che non mi sarebbe più successo"
"Ma se ti chiedessi di darmi un bacio? Pure questo hai escluso quando hai cambiato vita?"
La guardo negli occhi e mi avvicino, la baciò. Non è un bacio lungo, ma il sapore che mi lascia in bocca è simile a quello che ho provato la prima volta che mi è accaduto....una vita fa. Lei mi abbraccia forte e così resta fino a quando non si addormenta.

Al risveglio, dopo la nostra "colazione" che io termino con l'ultimo sorso di birra, rimasta dalla sera prima, decidiamo di provare la chiave in altri depositi bagagli. C'è ne uno nei pressi di Porta Palazzo. È probabile che Anna abbia utilizzato quello che le era più vicino. Deve essere, comunque, qualcosa che non voleva tenere a casa. Forse proprio per evitare che fosse trovato nel caso che qualcuno avesse rovistato nella sua abitazione. Lungo la strada la mia attenzione è attratta dal titolo di spalla di un giornale locale, la cui copia è esposta in una edicola.

Dal giaccone estraggo un malandato occhiale, tenuto insieme più dal nastro adesivo che dalla originaria struttura di celluloide, *"Scomparsa la sorella del basista"*. Mi fermo a leggere quello che posso. Il resto dell'articolo segue all'interno. In ogni caso, avevo ragione a immaginare che fossero parenti. La prima parte dell'articolo si concentra sulla misteriosa scomparsa di Anna e del suo impegno nel sociale. Poi il giornalista inizia il resoconto sul fratello Roberto, anche lui scomparso anni prima. Purtroppo non so come continua il reportage. Chiederò, domani, al cameriere del "nostro bar" se mi può fornire la copia del giornale, che mettono a disposizione della clientela.

Nei due depositi che visitiamo il risultato non cambia. La chiave non apre nessuno dei cassetti indicati nel foglio. Neppure quelli contraddistinti, anche, da lettere.

"Dobbiamo trovare un altro modo di interpretare questi numeri. Non credo Anna abbia semplicemente indicato il numero di cassetto di un deposito" dico più a me stesso che a Mary.

"Proviamo quello vicino al museo Egizio" mi fa eco Mary

Anche qui, sotto lo sguardo truce dell'addetto, facciamo un buco nell'acqua.

"Aspetta un attimo. Cerchiamo di guardare bene come sono fatti questi depositi. Sono tutti molto simili. Direi, anzi, che sono uguali, in ogni posto. Varia solo il numero degli armadi"

"Si qui ci sono cinque armadi e la numerazione si ferma a trenta per ogni armadio. Poi è seguita da una lettera" mi risponde lei.

"Abbiamo pure un altro problema. Hai visto i prezzi esposti fuori? Sono certo che il cassetto è stato pagato per un lungo periodo, ma non all'infinito. Prima o poi sarà aperto"

Mentre usciamo chiedo, all'addetto del deposito, cosa accade quando i fondi versati non coprono più la custodia.

"Il pagamento avviene alla riconsegna della chiave. Si possono, però, affittare i cassetti per un lungo periodo. In questo caso deve essere versato un acconto per il periodo pattuito. Se al termine il bagaglio non viene ritirato, di norma, dopo circa un mese il cassetto viene aperto e il bagaglio spostato in un deposito. Lì si attende ancora un anno e poi il tutto viene devoluto alle associazioni di volontariato"

"Grazie" rispondo.

Torniamo sotto i portici. Anche oggi non ha smesso di piovere e restiamo seduti. Sistemo, come al solito, il mio berretto. A Porta Palazzo, sono ripassato dal fornaio che era stato gentile giorni prima e ho comprato due panini imbottiti con formaggio e prosciutto e ho saldato il mio debito. Il ragazzo alla cassa, però, mi ha fatto pagare solo per un panino.

"Allora, proviamo a concentrarci su come sono fatti i depositi" dico, mentre do il primo morso al croccante panino.

"Si va bene. Dunque, ogni armadio ha una sua numerazione. I cassetti inferiori sono solo due e sono più ampi. Le tre file superiori sono composti da cassetti della stessa misura e, se non ricordo male, sono 8 per ogni fila" mi risponde Mary

Ho sempre apprezzato la mente fotografica che, spesso, hanno le donne, in grado di ricordare come era vestito tal dei tali, quel sabato sera e si ricordano pure la data. Mary mi ha appena dato quella che sembra una soluzione all'enigma delle cassette.

"Potrebbe darsi che i numeri 4 e 8 si riferiscano alla fila e alla posizione del cassetto, a prescindere dal numero indicato" le dico "se le file sono quattro, in tutti i depositi e per ogni fila ci sono 8 celle, rimane solo da capire cosa significhi il numero 3" dico, con un certo entusiasmo

"Bravissimo. Come ci sei arrivato?" chiede Mary

"Non sono io che ci sono arrivato ma tu" le rispondo sorridendo.

Lei ci rifletté un attimo e poi sorride anche lei.

"Ci resta da risolvere il quiz relativo al primo numero e poi abbiamo il problema del fattore tempo" continuo.

"Beh, il numero 3 potrebbe riferirsi all'armadio. Così sarebbe il terzo armadio, fila 4 postazione 8" riprende lei

"Perfetto. Ora ci serve solo scoprire quale è il deposito giusto" dico infine.

Con la soddisfazione di avere trovato una soluzione, ci addormentiamo con il rumore della pioggia.

Il mattino seguente otteniamo, dal nostro bar, un pezzo di pizza e una brioche con la Nutella. Chiedo al cameriere se hanno il giornale di ieri.

"Si credo di sì. Perché?" mi chiede

"Pensi che lo posso avere? Mi interessa un articolo" rispondo
"Si te lo porto. Non sapevo che ti interessassero le notizie" mi dice ancora
"In generale no. Ma quelle di ieri si" rispondo con garbo.
Quando me lo porta, lo apro alla pagina cui rimanda la prima. Posso, così, continuare a leggere l'articolo iniziato ieri. Trovo il resoconto della rapina alla gioielleria. A seguire, vengono rammentati i sospetti di complicità di Roberto. In particolare, allora, non furono ritenute corrispondenti al vero alcune dichiarazioni del commesso. Roberto era stato ferito, di striscio, ad una spalla e aveva atteso l'arrivo della polizia, accanto al cadavere del suo datore di lavoro. Ma alcuni fatti narrati, dal commesso, non combaciavano con le immagini della video sorveglianza, esterna, di alcuni negozi vicini. Poi c'era il fatto che, il CD contenente le immagini del sistema interno era risultato danneggiato. Il giornalista riprende e fa sua l'ipotesi che, a suo tempo, fosse stato manomesso proprio da Roberto. Gli indizi di colpevolezza si erano rafforzati quando, poi, Roberto era scomparso. A nulla era servito tenere sotto controllo la compagna di lui, tale Katrina, di origine polacca che, rimasta sola e in attesa di un bambino, dopo circa un anno era tornata nel suo Paese. Ora, conclude il reporter, è scomparsa pure la sorella, forse vittima di una vendetta da parte dei complici.
La versione fornita è assai verosimile. Il giornalista ha provato a farsi rilasciare una dichiarazione dal figlio del titolare che, però, si era rifiutato asseritamente perché non interessato a rivangare una vecchia storia e un'indagine che neppure la polizia era riuscita, allora, a risolvere.

Tengo i due fogli di giornale che contengono l'articolo e getto il resto.

C'è qualcosa che non torna. L'istinto dell'investigatore mi suggerisce altri possibili retroscena.

Accompagno Mary a Porta Nuova per il suo rito quotidiano e poi riproviamo in quel deposito. Seguiamo le indicazioni che riteniamo essere contenute nel foglio. Proviamo sia il terzo armadio da destra, che quello da sinistra. Sia dall'esterno verso l'interno, che in senso inverso. Poiché qui ci sono tre serie di numeri uguali seguiti dalle lettere, le proviamo tutte. Ma la chiave non apre. Siamo un po' scoraggiati. Ma è solo uno dei tanti di Torino. Rifaremo il giro.

Questa mattina voglio ripassare da davanti la gioielleria. Via Po è, sempre, molto trafficata. Anche questa volta, scelgo di transitare sul marciapiede opposto.

La gioielleria è tra i negozi più illuminati e, dentro, ci sono diversi clienti. Non riesco a vedere Giorgio. Così si chiama l'attuale proprietario. Ci sono solo le commesse. Due giovani e avvenenti ragazze. Si danno un gran da fare. Deve avere molta fiducia nelle sue dipendenti per non essere presente, penso.

Dal bar, davanti a cui sto per transitare, esce proprio lui, in un completo scuro e una, consueta, camicia bianca. È insieme a un altro giovane, dall'aspetto altrettanto arrogante. Lui mi vede, ha un piccolo vassoio usa e getta, con due bicchierini di carta per il caffè, credo destinati alle sue commesse. Porge il contenitore al suo amico e gli fa cenno di tornare in negozio. Mi si avvicina e mi si para davanti con le mani a fianchi.

"Ci conosciamo vero? Tu sai dov'è?" Si riferisce ad Anna. Se il suo tono fosse gentile gli risponderei pure. Ma non è così.

Lo guardo come un pugile sul ring che valuta il suo avversario e gli dico "Ti conviene lasciarmi stare"

Lui sostiene lo sguardo "e tu evita di passare da qui" mi risponde, alzando la voce. Alcuni avventori del bar si interessano alla scena.

Potrei continuare. Io non ho molto da perdere, con la mano accarezzo, dall'esterno del sacchetto di plastica, la mia spranga di ferro.

Lascio perdere, lo urto con la spalla e lo supero senza dire altro.

In tutto questo Mary mi ha tenuto la mano. Penso che è stato il contatto con lei che non mi ha fatto reagire come avrei fatto un tempo.

Raggiungiamo Porta Palazzo. E riproviamo al deposito bagagli. La nostra combinazione non funziona, neppure, qui.

Per oggi basta, domani si ricomincia la caccia. Rifacciamo il percorso inverso, costeggiando il Parco Archeologico quando Mary si irrigidisce. Camminiamo a braccetto e sento che comincia a tremare.

"Che ti succede? Ti sei stancata?"

"No. Sono stati quei due" mi dice indicando con il viso due tizi che camminano davanti a noi, a circa venti metri di distanza.

"I due che ti hanno fatto del male?" chiedo

Lei annuisce.

"Come fai a esserne sicura? Sono di spalle" riprendo, abbassando la voce.

"Sono loro ti dico. Uno, poco fa, si è girato e l'ho riconosciuto e l'altro è calvo. Sono loro" risponde con decisione.,

"Va bene. Ora voglio che fai una cosa. Fermati qui per un quarto d'ora, almeno. Poi torna sotto i portici. Io ti raggiungo tra poco"

"Che vuoi fare. No, non voglio che tu faccia alcunché" mi dice, lei tenendomi più forte il braccio.

"Non farò nulla. Non ti preoccupare. Voglio solo vedere dove vanno. Ma, se sto con te, anche loro potrebbero riconoscerti" le dico liberandomi dalla sua stretta.

Lei mi guarda andare via. Sa che non mi limiterò a seguirli. Ma dentro di sé, il desiderio di essere vendicata finisce per avere ragione.

Seguo i due per una buona mezz'ora. Per fortuna non vanno verso il centro e non hanno mezzi di locomozione. Non saprei come seguirli altrimenti. Mi avvicino sempre di più. Loro ridono e scherzano. Avranno poco più di vent'anni ciascuno, indossano entrambi jeans strappati e t-shirt e importunano la gente che incontrano. Qualche calcio ad auto parcheggiate, solo per il "divertimento" di fare scattare l'allarme. Uno dei due da una spallata di proposito ad un ragazzo intento a leggere qualcosa sul suo smartphone. L'urto fa cedere in terra il telefono cellulare e il ragazzo impreca spontaneamente "Che cazzo. Almeno scusati". Non li ha guardati bene, quando lo fa comprende che è meglio lasciare perdere. Una parola di più e lo avrebbero aggredito.

Credo abbiano assunto qualche droga perché sono davvero sguaiati. È l'imbrunire, la strada che hanno imboccato è quasi deserta. I pochi negozi hanno già abbassato le saracinesche e i residenti devono essere già a casa. Dal mio sacchetto, prendo il tubo di ferro e lascio cadere il resto. È un rumore lieve, ma uno

dei due lo ha sentito e si gira. Tengo la mano armata dietro la gamba. La spranga non si può notare. Quello calvo si è girato, si ferma e attira l'attenzione dell'altro. Sono un altro da dileggiare. Mi aspettano e io cammino senza fretta. Anzi, più mi avvicino più rallentò, come se li temessi. Scruto i loro visi, su cui sono stampati sorrisi malvagi e immagino la scena di quando hanno fatto del male a Mary. Sento montare la rabbia, l'adrenalina scorre veloce nel mio corpo. Quando sono vicino al primo dei due, che si è appoggiato al muro di un signorile edificio e tiene una mano in tasca, lo colpisco in piena faccia. Crolla sulle sue stesse gambe rimanendo, in parte, sostenuto dal prospetto del palazzo. Farà a meno di qualche dente. In compenso, avrà una bella cicatrice sulla guancia. L'altro assiste impotente. Sono stato veloce. Capisce che il prossimo colpo è per lui e accenna una fuga. Io faccio ruotare la spranga e raggiungo il suo ginocchio. Cade in terra. In un attimo, gli sono sopra. Lui si ripara con le braccia. Sta solo ritardando l'inevitabile. Anche lui riceve un colpo al capo. Il primo è svenuto, il secondo invece si lamenta debolmente. Non voglio infierire di più. Rischierei di ammazzarli. Non voglio farlo, recupero il mio autocontrollo. Mi allontano velocemente. Nessuno ha visto o sentito alcunché. Domani, saranno solo due delle tante vittime di aggressione che si verificano in questa città. Riprendo la mia borsa e vado verso Piazza San Carlo.
Mary è in piedi, vicina a un pilastro e, con gli occhi, controlla tutta la piazza. Quando mi vede si va sedere. Mi avvicino e lei mi guarda negli occhi, come per leggere cosa è successo. Non riesce a trattenersi "Dove sei stato? Cosa hai fatto?" chiede
"Quello che ti ho detto li ho seguiti" le rispondo
"Fino a dove? Fino a casa?" continua
"Più o meno" replico
"E poi?"
"Ma cosa è. un interrogatorio?" le dico per concludere.

"Scusa, non volevo essere insistente. Ero solo preoccupata che potessi fare qualcosa che ti mettesse in pericolo"

"No nessun pericolo. Ora vediamo se possiamo comprare qualcosa per cena"

"Ho recuperato un po' di uva" mi dice

"Non basterà. E poi ho voglia di bere questa sera" riprendo io. Mi sento su di giri, come quando vinci una competizione sportiva.

Mi cerco nelle tasche. Ho poco meno di cinque euro. Andiamo al supermercato. Compriamo del pane, una bustina con del formaggio a fette e una bottiglia di infimo vino. Mi toccano addirittura cinque centesimi di resto.

La cena è quasi perfetta. L'uva è dolce e rende gradevole pure il vino. Mary mi lascia poggiare il capo sul suo seno. Ora sono come spossato. Mary mi accarezza la testa e mi bacia la fronte poi si china su di me e le sue labbra sono sulle mie. Non è come la volta prima. Sento che è gratitudine, affetto, dolcezza. Poi la sua mano scende sul mio corpo e il mio corpo reagisce, come se si stesse svegliando da un lungo sonno. Lei avverte il mio desiderio e non si ferma. I suoi baci sono sempre più lunghi e con la mano raggiunge, attraverso i pantaloni, il mio sesso. Non c'è molta gente in giro, ma io ho un moto di pudicizia.

"Non qui" le dico, fermando la sua mano

Lei non comprende subito quello che le ho detto, avverte solo che l'ho bloccata "non mi vuoi?" replica.

"Si che ti voglio. Penso di desideranti dal nostro primo bacio, ma non qui che tutti possono vederci" rispondo

Ci alziamo come in preda a una frenesia, lasciamo per terra i nostri pochi averi e ci allontaniamo dalla piazza.

Mano nella mano, cerchiamo un posto dove non essere visti. Troviamo, infine, un portone aperto che immette nell'atrio di un palazzo. In un angolo c'è una piccola porta. Anche questa non è chiusa. E' il wc alla turca che, un tempo, serviva gli appartamenti del piano terra, ormai dotati di servizi privati. Per fortuna viene utilizzato occasionalmente e, per lo più, come deposito per gli attrezzi, di chi si occupa delle pulizie del condominio. "Tutto sommato è un luogo dignitoso per consumare un amplesso" penso. Richiudiamo piano la porta, per fare meno rumore possibile e non incuriosire qualche condomino. Riprendiamo a baciarci, sento che, anche, in lei il desiderio sta aumentando. Le bacio il collo e con una mano supero i suoi indumenti. Arrivo al suo seno. E' piccolo, ma dalla forma perfetta. Il respiro le si fa più affannoso. La giro e le slaccio la cinta, che le regge i pantaloni, che, non più trattenuti, scivolano giù. Le chiavi, assicurate al passante, tintinnano. Le accarezzo le gambe e l'interno coscia e poi sento che è pronta ad accogliermi. Anche io mi sbottono i pantaloni. Sono eccitato al punto che temo di non poterla soddisfare, prima di raggiungere il mio piacere. Ma non è così, la prendo piano piano e, poi, più forte. Geme e, infine, emette un urlo che, lei stessa, cerca di soffocare, con una mano tra i denti. Ora è il mio turno, continuo più lentamente finché, anche io raggiungo l'estasi. Rimaniamo fermi così per un po', mentre la cingo forte e lei si abbandona a me. Poi si gira e mi bacia ancora, mentre io continuo a tenerla tra le mie braccia. Poi, velocemente, ci rivestiamo. Abbiamo sentito dei rumori provenire dall'esterno. Socchiudo la porta, ma non vedo anima viva. Sgattaioliamo fuori e, in un attimo, siamo di nuovo per strada, con un sorriso stampato sui visi. Sarà che è passato molto tempo dall'ultima volta, ma per me è stato bellissimo.

Quando torniamo sotto i portici, siamo ancora felici e su di giri. All'improvviso mi coglie un pensiero "che sia stata una mia forzatura, a soli pochi giorni da quando è stata abusata". Mary è davvero empatica, nota immediatamente il mio cambio di umore e intuisce cosa sto pensando "sei stato dolcissimo, non mi hai fatto del male e sono felice di essere stata tua" e poi con un sorriso ancora più radioso continua "ora ci vorrebbe una sigaretta, anche se non fumo". Rido anche io adesso.

Ci sistemiamo sui nostri cartoni e restiamo abbracciati tutta la notte. Prima di addormentarci le faccio una domanda

"Cosa aprono le chiavi che porti con te?"

"E' stato tutto molto bello ed eccitante, non rovinare tutto" mi risponde

"Scusa non volevo essere invadente. Sono solo curioso" riprendo

"E' un monito. Un monito per me. In seguito forse ti racconterò" prosegue lei, con un velo di tristezza che non ammette repliche.

All'edicola della stazione, il mattino successivo, su una copia del giornale esposto, leggo titolo *"Trovato il corpo di una donna. La polizia crede sia quello di Anna D'Arpa"*. Questa volta non posso aspettare domani. Chiedo all'edicolante se mi fa dare un occhiata solo a quell'articolo. Lui mi guarda stupito. Poi però, prende, lui stesso, una copia del giornale e lo apre. Metto i miei occhiali e leggo *"Nella mattinata di ieri, nei pressi di Valenza, sulle rive del Po è stato trovato il corpo di una donna. La polizia non ha ancora confermato l'identità della vittima. Tuttavia, sembra che i tratti somatici corrispondano a quelli di Anna D'Arpa. Fonti della questura hanno dichiarato che saranno necessari ulteriori accertamenti per addivenire all'esatta identificazione del cadavere. Sono, invece, certe le cause della morte. La donna presenta due ferite di arma da fuoco all'addome e al capo. Sembra sia stata gettata nel fiume con una corda legata alle caviglie"*. Nell'articolo non si fa cenno al fatto che l'appartamento di Anna è stato rovistato. I volontari lo avranno saputo per altre vie e gli inquirenti hanno preferito tacere su questo aspetto. Alcuni particolari vanno svelati solo al termine delle indagini.

Mi sento triste per la notizia. Quando è qualcuno che conosci è come se fosse uno di famiglia. Ora, più che mai, sono deciso a svelare il segreto che mi ha affidato in custodia Anna.

Quando Mary esce dalla toilette, le riferisco la notizia e lei è d'accordo con me. Dobbiamo trovare il giusto deposito.

Nelle immediate vicinanze c'è, ne sono tre. Proviamo, nuovamente, quello del museo Egizio. Ma non abbiamo fortuna. Poi quello vicino a piazza San Carlo. È il più piccolo e gli armadi sono solo cinque. Infilo la chiave e sembra funzionare. Non mi sorprendo affatto. Anna deve avere calcolato tutto, ha riposto il suo segreto nel posto più vicino a me. Sono stato io lo stupido, a non pensarci prima. Apro il cassetto. Immaginavo di trovare un borsone o qualcosa di simile. Invece c'è solo una busta gialla di quelle tipo A4, la prendo. Quando usciamo, tengo la chiave. Potrei avere bisogno di riporla di nuovo. Chiedo al custode di verificare per quanto tempo è ancora pagato il noleggio. "Fino alla fine di quest'anno" mi risponde, dopo avere fatto un rapido controllo al computer.

Mary è più curiosa di me. Vorrebbe aprire la busta immediatamente. Le dico che è meglio farlo lontano da qui.

Torniamo sotto i portici e, finalmente, mi decido ad aprire. All'interno c'è solo un CD dentro la sua custodia. Nessuna scritta sopra.

"Che facciamo adesso?" chiede Mary

"Lo dobbiamo visionare. Poi decideremo" rispondo

"E dove pensi che lo possiamo fare? Nel nostro salotto?" replica, con tono sarcastico

"Sarà molto più semplice di quel che pensi. Ci sono molti bar e ristoranti che hanno la video sorveglianza a circuito chiuso. Alcuni mi conoscono. Chiederò il favore"

Così facciamo. Decido di provare al ristorante che "frequento" in corso Vittorio Emanuele II.

Quando arriviamo chiedo del proprietario. Non so come si chiama, solo che è un mio corregionale e che vive a Torino da moltissimo tempo.

"Dimmi? Vuoi qualcosa da mangiare? Potevi chiedere ai camerieri. Come sempre" mi dice cordialmente.

"No. Ho un favore da chiederti. Ho bisogno di vedere cosa contiene questo" rispondo, mostrando il CD.

"Vieni dentro. Ho il lettore vicino la cassa"

Ancora non ci sono clienti. L'odore della cucina, già in funzione, arriva fino alla sala.

Lui stesso inserisce il disco nel lettore e poi mi dice "puoi guardare qui" e mi mostra un piccolo monitor "io vado" continua.

Inizia la registrazione. Inquadra l'interno della gioielleria. Si vedono due soggetti. Uno deve essere il padre di Giorgio e l'altro ritengo sia il fratello di Anna, stanno mostrando la merce a dei clienti. Poi qualcuno che conclude acquisti. Così per diversi minuti. Poi piano piano il negozio si svuota. Con l'apposito comando mando avanti la registrazione. Niente per molto tempo. In altre immagini, i due chiacchierano tra loro, mentre sistemano alcuni pezzi nelle vetrine interne o li tolgono, per riporli in cassaforte per la notte. Poi entrambi guardano verso la porta. La scena sembra quella di un film. Nell'inquadratura entrano due individui. Uno ha un passamontagna, l'altro ha sul viso un collant. Il padre di Giorgio fa segno al suo dipendente di stare calmo. Il rapinatore con la calza afferra il titolare e lo spinge verso il retro, dove presumo ci sia la cassaforte. Restano dentro per alcuni minuti, mentre il complice rimane fuori con il commesso. Il titolare viene inquadrato di nuovo, seguito dal malvivente che tiene in mano una sacca. Poi il padre di Giorgio guarda quello con il passamontagna. C'è qualcosa. Forse lo ha riconosciuto nonostante il travisamento. Il video è privo di audio. Un alterco fra il padre di Giorgio e il rapinatore con il passamontagna. I malviventi si scambiano occhiate. Nel frattempo, il titolare, molto lentamente, raggiunge il banco e prende qualcosa da sotto. Quello con la calza spara. Colpisce il padre di Giorgio in pieno petto. Il commesso cerca una fuga verso l'interno, ma anche lui viene colpito e cade, davanti la porta che da sul retro.

Quello con il passamontagna è in collera con il complice. Si toglie il cappuccio. È Giorgio. Il rapinatore con la calza rivolge la pistola verso il complice e lo minaccia. Infine i due escono velocemente. La registrazione non si arresta. Il fratello di Anna si rialza. Si tocca la spalla ed esamina la sua ferita. Poi, va verso il titolare, accasciato sul banco, in un lago di sangue. Gli tocca il collo. Constata che è morto e, quindi, si dirige verso il retro bottega. La registrazione si arresta di colpo.
Se i miei ex colleghi fossero venuti in possesso del video ci sarebbe stato un arresto eclatante nella Torino bene.

Rimanere chiusi dentro quel piccolo appartamento non è la soluzione. Non è una soluzione continuare a sentirsi una preda. Gli avvenimenti degli ultimi giorni infondono maggior sicurezza. In ogni caso bisogna agire, è necessario diventare predatore. Nella sua mente si va via via formando un piano. Così prende le chiavi dell'auto ed esce. Ha avuto rapporti con ogni genere di persone e, per quello di cui ha bisogno, si sposta in periferia. Si sofferma a osservare i gruppi di giovani. Trova, infine, una sua vecchia conoscenza. Un tipo che definirlo "poco raccomandabile" è un eufemismo. E' un tossico e uno spacciatore, ma anche uno in grado di procurarti ogni articolo, specie se è illegale. Quando i loro sguardi si incrociano, il ragazzo si avvicina al finestrino dell'auto che, nel frattempo si è accostata al marciapiede. "Ciao. Passi per salutarmi o hai bisogno di qualcosa" esordisce il ragazzo. Quando la richiesta viene formulata, il viso del ragazzo assume l'espressione di giusta sorpresa, ma poi replica "non c'è problema. Ripassa tra un paio di ore e avrai quello che cerchi. Per te prezzo speciale, solo cinquecento euro". L'auto *riparte, mentre il ragazzo resta ancora per qualche minuto perplesso. Quella sera rientrando nel suo rifugio ha la tasca assai più pesante.*

Dopo avere visto il filmato, lasciamo il ristorante e, per un lungo lasso di tempo, Mary ed io non parliamo, entrambi assorti nei nostri pensieri. Come me, lei ha riconosciuto Giorgio, anche se nel video è spesso ripreso di spalle, offrendo alla telecamere poche occasioni di essere immortalato in faccia. Allora, inoltre, era più giovane e aveva una leggera barba che incorniciava il viso.

"Che facciamo adesso?" chiede, dopo un po'.

"Non lo so ancora. Dobbiamo pensarci" rispondo, ancora impegnato a metabolizzare l'informazione.

"Voglio sperare che tu non abbia idea di chiedere denaro a quel delinquente" continua, con preoccupazione.

"Assolutamente no!" rispondo "ma se Giorgio è il responsabile della sparizione e l'uccisione di Anna, gliela voglio fare pagare…a modo mio" replico, mentre mi ritorna in mente la truce espressione di lui, mentre affrontava Anna, quel giorno nel corridoio della mensa.

"Non dire sciocchezze!? Andiamo alla polizia subito" dice, con un senso d'ansia crescente.

"Oggi o domani che cambia" le dico, rassicurandola.

Torniamo al deposito bagagli. Non voglio tenere il CD con me, lì è più al sicuro.

Sono silenzioso per tutto il giorno. Devo pensare. È Mary a occuparsi di tutto. Della questua, al poco che ci serve per sopravvivere oggi.

E' tarda sera, il ragazzo percorre, velocemente, le strade di Torino con la sua bici. Gli piace pedalare. Soprattutto di sera, quando il traffico è meno intenso e si respirano meno gas di scarico. E' stato a casa della sua fidanzata. Hanno fatto l'amore e, dopo, hanno cenato. Poi lei doveva studiare, fra qualche giorno ha un importante esame universitario. Anche lui è uno studente, gli manca poco alla laurea, ma gli piace anche essere impegnato nel sociale. E' ambizioso, ma ha scarse finanze. Spera che gli studi che sta facendo possano costituire, per lui, un riscatto. Finora ha accettato molti compromessi e non ha disdegnato compiere azioni, per certi versi, discutibili, per avere piccole disponibilità di denaro. Mai reati particolarmente gravi, ma pur sempre reati. Proprio per espiare queste "piccole colpe", così ama definirle a se stesso, si è impegnato nel sociale. In qualche modo ha una sua morale. L'ultimo "lavoretto" che ha fatto, però, gli ha lasciato l'amaro in bocca. Sente di avere tradito il suo strano rigore. Il denaro che gli hanno offerto è stato molto, per questo ha accettato. Ha deciso, però, ora basta, non farà più nulla di illegale. Manca poco perché arrivi a casa. Vuole fare una doccia e poi, magari, dedicarsi un po' alla sua tesi. Vive in periferia, qualche tratto di strada risulta poco illuminato, ma la sua bici è dotata di una potente luce a batteria. Dietro di lui, un auto sta arrivando a velocità sostenuta. Gli abbaglianti della vettura illuminano, a giorno, la strada. Quando verrà superato dovrà riabituare gli occhi alla minore luce della sua bicicletta. I fari sono sempre più vicini, lui, con la mano, fa segno di superare. E' in questo momento che avviene l'urto. Il ragazzo e la sua bici vengono sollevati in aria e volano, letteralmente, sopra il tetto dell'auto per ricadere sull'asfalto, dietro la vettura. Il ragazzo è un tipo prudente, ha sempre indossato il caschetto, ma l'urto è stato violento e lui rimane prono con il manubrio della sua bici sotto di se. L'auto si ferma solo un attimo, poi riparte a grande velocità.

In questi ultimi giorni i giornali si sono occupati, spesso, del caso D'Arpa. Il titolo che scorgo, il giorno successivo, è eclatante. *"Le autorità italiane confermano l'identità di Roberto D'Arpa"*. L'edicolante della stazione non rimane più sorpreso, come l'ultima volta. Forse gli fa piacere che uno come me abbia ancora interesse a leggere le notizie. Mi apre, di nuovo, il giornale. *"La polizia italiana, sollecitata da quella spagnola, ha confermato che l'uomo trovato ucciso a Barcellona, circa un mese addietro, è Roberto D'Arpa. Alla sua identificazione si è pervenuti grazie alle impronte digitali, rilevate dal cadavere e inviate alle tutte le polizie europee. L'italiano, è stato trovato morto ai margini del porto della città catalana, con numerose ferite di arma da taglio. L'identità dell'uomo contribuirà a dare una svolta alle indagini delle autorità spagnole, circa il movente e gli autori dell'omicidio. Il DNA, prelevato dal cadavere dell'uomo, sarà utilizzato per confrontare quello della ragazza uccisa e ritrovata nei pressi di Valenza, che potrebbe essere della sorella. La donna risulta essere scomparsa nello stesso arco di*

Mary esce dai bagni quando io ho finito di leggere. Ancora una volta le racconto cosa c'è scritto nell'articolo.

Mi fermo a riflettere un attimo fuori da Porta Nuova.

"Giorgio è complice dell'omicidio di suo padre. Sono sempre più convinto che c'entri, pure, con l'omicidio di Anna" dico a voce alta

"Perché sei così certo che c'entri Giorgio?" chiede Mary

"Perché così verrebbe meno un testimone. Credo che i due fratelli abbiano mantenuti contatti, anche se lui è sparito dopo la rapina e che Roberto abbia messo al corrente Anna di come si sono svolti i fatti. Anna, quindi, sapeva che Giorgio era uno dei rapinatori e zittirla è stato necessario. Però c'è un problema…"

"Quale problema?" chiede Mary

"Ricordi quando lo abbiamo incontrato davanti al bar. Mi ha chiesto dov'è. L'omicidio di Anna era già avvenuto. A meno che non abbia voluto sviare i sospetti" rispondo

"Sviare i sospetti con te?"

"Si, infatti. Non ha senso" riprendo

"Allora non è stato Giorgio…." continua Mary

"Non lo so. C'è qualcosa che non torna e non riesco a capire cosa"

“Che facciamo allora?” chiede

“Un giro per negozi” le rispondo con malizia.

È tarda mattina quando arriviamo in Via Po. Questa volta, scelgo il marciapiede su cui insiste il negozio. Voglio che Giorgio mi veda.

Lui è di spalle, quando mi fermo davanti alle vetrine della sua gioielleria.

Poi, come se sentisse i miei occhi su di lui, smette di parlare, con una delle due commesse e si gira.

Attende un attimo che io vada via. Io resto lì, immobile e continuo a fissarlo. Ho, prudentemente, lasciato Mary distante.

Lui si innervosisce ed esce.

“Ti avevo detto di non passare più per questa strada” mi ringhia contro, a voce bassa

“So tutto” gli rispondo semplicemente, con tutta la calma possibile.

“Cosa pensi di sapere, pezzente” replica lui

“Sono un pezzente. Hai ragione, però ho il CD”

Sbianca in un attimo e le mani, che teneva sui fianchi, si distendono lungo il corpo.

“Cosa vuoi?” chiede

“La verità, solo la verità” gli rispondo

“Si la verità. Nessuno vuole la verità. Te lo chiedo in modo che tu possa capire. Quanto vuoi?” continua

“Ed io ti ripeto che non voglio soldi. Capisco che la cosa ti sta sconvolgendo. Io voglio che mi dici perché hai ucciso Anna”

“Io non ho ucciso Anna. Sei pazzo se credi questo”

“Era un testimone scomodo” riprendo io

"Sei fuori strada, davvero e comunque non è questo il momento o il luogo per parlarne. Se vuoi che ti racconti dimmi dove ci vediamo, questa sera e porta con te il CD".

"Mi puoi trovare in Piazza San Carlo, sono sempre lì" rispondo Quando mi ricongiungo con Mary le faccio un breve resoconto e le dico, anche, dell'appuntamento.

"Perché, perché. Ti farai ammazzare. Potevamo andare alla polizia. Ci avrebbero pensato loro" mi dice lei, sinceramente preoccupata.

"Non mi farà niente se non avrò il CD. Questa sera non voglio che tu mi stia vicina. Sarai tu ad andare alla polizia se mi dovesse succedere qualcosa" le rispondo dandole la chiave.

A sera mi siedo, solo, sotto i portici. Mary è sul fronte opposto all'angolo con la galleria. Abbastanza lontana da non essere notata.

Sono nervoso, mentre aspetto che Giorgio arrivi. Non perché lo temo, al contrario, sono preoccupato di una mia, eventuale, reazione. Poi, una BMW sportiva a due posti, che sicuramente è munita di *pass* per le vie a traffico limitato, si ferma all'angolo. Un colpo di clacson e il finestrino elettrico che scende. Giorgio attira la mia attenzione.

Mi alzo lentamente. Mi piace farlo aspettare.

"Sali" mi dice

Non riesce a elidere la sua arroganza, pure in una situazione del genere.

Faccio come dice e, mentre chiudo lo sportello, lui parte a razzo. Guida veloce, con spericolata sicurezza. Ci allontaniamo dal centro e non scambiamo una parola finché non siamo in zona stadio. Poi lui sembra rilassarsi. Anche l'andatura è meno nervosa. Credo che abbia sospettato un tranello, da parte mia.

"Hai portato il CD?" esordisce

"Una cosa alla volta. Prima spiegami" replico

"Se hai visto il video cosa vuoi che ti spieghi?" continua lui, con tono saccente.

"Si ho visto il video e so che sei uno degli autori della rapina ai danni della gioielleria di tuo padre"

"Si. Sono stato costretto" continua Giorgio

"Ci avrei scommesso che trovavi una giustificazione di questo tipo" gli rispondo

"E' la verità. Dovevo una forte somma di denaro al fratello di uno dei miei complici. Ho provato a farmeli dare da mio padre, l'ho implorato. Lui si è rifiutato. Per mio padre ero, solo, un ragazzino viziato, che doveva imparare a sbrigarsela da solo. Quelli, allora, hanno minacciato di uccidermi. Avevano già in mente di fare la rapina e mi hanno costretto ad aiutarli. Non gli bastava che fornissi, loro, le informazioni necessarie. Hanno voluto che partecipassi, materialmente, al colpo".

Il tono con cui procede nel racconto mi convince che stia dicendo la verità. Ha la voce incrinata dal rimorso.

"Poi tutto è precipitato. Mio padre ha riconosciuto l'orologio che avevo al polso. Me lo aveva regalato lui stesso, per i miei diciotto anni. Durante la rapina, non avevo aperto bocca, proprio per evitare che lui capisse chi fossi. La rivelazione lo ha fatto andare fuori di testa. In altre circostanze, non avrebbe mai tentato di prendere la pistola, che aveva sotto il banco da esposizione. Mi diceva, sempre, che la vita conta più del denaro e che, in ogni caso, a rimetterci sarebbe stata solo l'assicurazione. Quando il mio complice gli ha sparato non ce l'ho fatta più. Volevo aiutare mio padre. Me lo hanno impedito. Da complice ero diventato ostaggio. Se ci fosse stato un intervento delle forze di polizia, sarei stato merce di scambio per favorire la fuga".

"Per mantenere il segreto hai dichiarato, di recente, ai giornali che non sei interessato a rivangare quell'episodio" replico, mostrando i fogli di giornale che avevo conservato.

"Certo, è ovvio. Tu che avresti fatto al posto mio? Non passa giorno che io non pensi a cosa è successo. Ma tornare ai fatti di tre anni addietro, non modificherebbero il risultato"

"Che ne è stato dei tuoi complici?" chiedo.

"I due che erano con me hanno lasciato il paese e di loro non ho saputo più niente. E' stato un bene per loro e pure per me. Sai quante volte mi è venuta voglia di vendicarmi. Il fratello, a cui dovevo i soldi è rimasto invece ed è stato ucciso, qualche mese dopo. Forse da qualcuno messo alle strette, come hanno fatto con me. Si sono tenuti tutto il bottino della gioielleria. Per fortuna, l'assicurazione ha pagato e così sono riuscito a mandare avanti l'attività "

"Ma perché prendersela con Anna?"

"Anna, Anna. Non so nulla di Anna. Dal giorno che ci hai visto insieme, non so più nulla di lei, dopo il tempo che ho perso per trovarla". Mentre lo dice arresta di colpo la marcia. Le auto dietro suonano il clacson. Lui accosta al marciapiede.

" Non ti credo" dico

"Credici. Volevo solo sapere dove potevo trovare suo fratello" replica lui, ancora nervoso.

"Perché. Non ti era bastato farlo ferire e fare credere che fosse uno della vostra banda" continuo io
"Anche lui non è stato onesto. Non lo difenderei, se fossi in te. È lui che ha fatto sparire la registrazione della rapina. Io sarei in carcere e lui scagionato. Ma ha pensato bene di trarre profitto dalla situazione. Dopo avere fatto perdere le sue tracce, mi ha spedito una lettera o l'ha fatta spedire, con l'indicazione di un numero di conto e con la richiesta di cinquecentomila euro. Se non avessi acconsentito, la registrazione sarebbe stata inviata alla polizia. Io ho pagato. Ma, in cambio, non ho ricevuto alcunché. Il pagamento, effettuato con parte del risarcimento dell'assicurazione, prevedeva che io ricevessi il CD. Sono passati più di tre anni, da allora e non ho avuto più notizie. Ho pensato e ho sperato che tutto fosse finito e che lui fosse sparito per sempre. Poi, alla fine del mese scorso è arrivata un'altra lettera. Questa volta la richiesta è stata di un milione di euro. Con un numero di conto diverso dal primo. Ho deciso, questa volta, di non pagare se non avessi ricevuto prima il CD e, pertanto, non ho fatto alcun versamento. Per questo sono andato a trovare Anna. Lei, sicuramente, teneva contatti con il fratello. Tu hai assistito a uno di questi incontri. Due giorni dopo la visita ad Anna, ho ricevuto una telefonata da parte di Roberto. Mi ha detto di lasciare in pace la sorella e mi ha rinnovato la minaccia. Gli ho risposto che senza CD non se ne faceva niente e che me ne fregavo se arrivava alla polizia. Roberto ha capito che ero determinato. Pertanto, ci siamo messi d'accordo per fare uno scambio di persona. Ho dovuto fare i salti mortali per mettere insieme, in poco tempo, la somma in contanti. Ci saremo dovuti incontrare, qui a Torino,

il giorno successivo. Sono andato all'appuntamento ma lui non si è presentato e Anna è sparita"

Nel frattempo, Giorgio ha ripreso la marcia e rifatto il percorso in senso inverso. Siamo, di nuovo, in centro.

"Ecco perché hai rovistato nel suo appartamento" lo incalzo.

"Tu come sai che è stata rovistata l'abitazione di Anna?" mi chiede stupito.

"Lo avrò letto sui giornali" rispondo di getto, ma poi rifletto che non è così e lo sa pure lui.

"No, i giornali non ne è hanno parlato" mi risponde

"Hai ragione, questo particolare è stato omesso. Ma sei stato tu?" chiedo pleonasticamente

"No. Mi ci vedi a fare il topo da appartamento. Però si, ho pagato qualcuno che lo facesse per me. Ormai dovevo recuperare, a tutti i costi, il CD. Dopo che ho letto dell'omicidio di Roberto ho pensato che magari lo potesse avere Anna"

"E' stato uno dei colleghi di Anna vero?" chiedo

"Bravo, sei perspicace. Si è stato un ragazzo....Stefano. Non ha trovato quello che cercavo. Il CD lo hai tu. Lui, in compenso, adesso è in ospedale in coma. Ha avuto un incidente, due sere fa. Un pirata della strada dicono"

Mi spiace per il ragazzo. A suo modo, mi ha dato una mano in questa storia ed è stato lui che mi ha parlato della "perquisizione" a casa di Anna e, quindi, non poteva essere stato che lui o qualcuno che lui conosceva.

"Bene adesso che sai la verità vorrei avere il CD" ripete Giorgio

"Si si, certo te l'ho porto domani mattina in negozio" gli rispondo

"Non erano questi gli accordi" riprende stizzito. Colto da un dubbio continua "Hai, per caso, un microfono?" tastandomi il petto con la mano destra, mentre con l'altra tiene il volante.

"Giù le mani" gli dico dandogli un colpo sul braccio.

Il breve alterco, per poco, gli fa provocare un incidente. Una madre, con i suoi due figli, ha attraversato la strada, davanti all'auto, certa di essere al sicuro sulle strisce pedonali

"Non mi interessa del CD, della tua vita e del rimorso che ti porterai fino alla tomba. Se ti ho detto che te lo rendo, lo farò. Pensavi, davvero, che me lo fossi portato dietro, questa sera, con il rischio che tu mi facessi fuori. E' in luogo sicuro. Domani mattina lo recupero e te lo porto" gli dico con rabbia.

Lui trattiene l'ira. Sa che non può fare altro che fidarsi.

Siamo quasi nei pressi di Piazza San Carlo, lui rallenta e poi accosta. Apro lo sportello ma prima di scendere ho un'ultima domanda "Roberto lo hai fatto uccidere tu?"

"Ma se non sapevo neppure dove era. E poi, che tu ci creda o no, non ho l'anima dell'assassino.

Scendo dall'auto e lui riparte a tutta velocità facendo stridere le gomme.

L'uomo rientra a casa. E' stata una giornata pesante e strana. Dopo molto tempo, si sente emendato. Sa che nei prossimi giorni dovrà prendere una decisione importante, ma non adesso. Adesso desidera solo fare una doccia, poi sedersi sul divano e bere un bicchiere o due di whiskey. Nel suo fornito mobile bar, c'è una pregiata bottiglia acquistata, tempo addietro, durante un viaggio degli USA. Allora, aveva deciso che l'avrebbe aperta quando una occasione speciale si fosse presentata. Chissà se siamo, davvero, in grado di capire quando ci si presenta. Lui ha deciso che quell'occasione è questa sera. Attraversa il corridoio, della sua elegante villa sulle colline di Torino, si toglie i vestiti e li butta sul letto. Poi, apre il rubinetto della doccia e prima di fare scorrere l'acqua sul suo corpo, rimane a guardarsi allo specchio per qualche minuto. Lo scroscio della doccia e l'impianto stereo acceso, in camera da letto, non gli consente di avvertire il rumore del vetro che va in frantumi in salotto. Lo sconosciuto ha usato un semplice sasso, trovato in giardino, contro l'ampia vetrata e ora è dentro. Non conosce la disposizione della villa. Gli basta seguire il rumore dell'acqua che scorre. E' determinato, nulla potrà fermarlo. Sa che dovrà agire in fretta. L'uomo sotto la doccia è, fisicamente, più forte e basterebbe un attimo di distrazione per invertire le parti. Entra nella camera da letto dell'uomo e recupera un cuscino, mentre la musica di Barry White sembra stonare con la circostanza. Poi accede al bagno, il box doccia è sulla destra e l'uomo è di spalle, con le braccia poggiate sulla parete in un momento di profondo relax. Il suono dell'arma è attutito dal cuscino, messo davanti la canna. Anche il vetro del box doccia va in frantumi. Il primo colpo raggiunge l'uomo nella parte bassa della schiena. Non è un colpo mortale. Anzi è solo una ferita di striscio. La vittima ha il tempo di girarsi, mentre l'acqua che scorre si tinge di rosso. L'uomo rimane stupito, ma è solo un attimo. Ha uno strano sorriso sul viso e tende una mano. Altri due colpi lo attingono al petto e lui cade all'indietro, urtando parete e rubinetto,

Quando torno in piazza è quasi notte. Mary è ancora vicino la galleria. Mi ha visto scendere dall'auto di Giorgio. Le faccio un cenno con la mano, ma non c'era bisogno. E' già in piedi e viene verso di me. Mi abbraccia forte. Sono stato via poco più di due ore, ma le devono essere sembrate molte di più. Non ho per niente fame e rifiuto un pezzo di pizza che ha conservato per me. Da bere abbiamo solo una mezza bottiglia di acqua. Niente alcool questa sera. Mi va bene così.
"Allora racconta. Non mi tenere sulle spine" esordisce
Ci mettiamo seduti e le dico ciò che ho saputo da Giorgio.
"Quindi il fratello di Anna non è, anzi non era solo una vittima" riprende lei
"Beh che dirti. Ha visto un modo facile di fare denaro e ci ha provato. Sai quanti ne ho conosciuti che, per il denaro, sono passati al lato oscuro" rispondo con una celebre frase di un film di fantascienza, "in ogni caso, sono incline a credergli. Non è stato lui a uccidere o fare uccidere Anna e mi ha assicurato di non essere responsabile dell'omicidio di Roberto. Questo pone un problema, o meglio una serie di problemi…"

“Parli proprio come un detective di qualche serie tv” mi sorride Mary interrompendomi “ma continua, mi sto appassionando” continua lei, accennando un sorriso.

Non ho ancora detto a Mary quale era, un tempo, la mia occupazione. Forse ometterò questo particolare anche in futuro.

“…come dicevo se non è stato Giorgio a uccidere i fratelli, chi è stato allora e perché? E la successiva domanda è: gli omicidi sono collegati o è pura causalità?” continuo.

“Ad uno dei tuoi quesiti si potrebbe rispondere facilmente. Il denaro! Ammettiamo che uno dei due abbia raccontato, a qualcuno, di avere un CD con la prova di una rapina e di un omicidio. Questo qualcuno potrebbe averli uccisi entrambi, per entrare in possesso del supporto e proseguire il ricatto” dice la mia compagna di avventura.

“Il tuo ragionamento ha una falla enorme” le rispondo

“Perché mai?” chiede

“Per il semplice fatto che il CD lo abbiamo noi. Non si uccide per qualcosa, se prima non la si ottiene. O meglio, posso capire l’uccisione di Roberto, ma per Anna è diverso. Questo qualcuno l’avrebbe prima costretta alla consegna del CD e, quindi, immagino che lei mi sarebbe venuta a cercare” rispondo.

“Certo. Ma potrebbe essere che, a questo qualcuno, la situazione sia sfuggita di mano e abbia ucciso Anna prima che lei potesse parlare o, ancora peggio, che Anna abbia rivelato dove fosse il CD e chi avesse le chiavi della cassetta e, di conseguenza, questo vuol dire che anche noi siamo in pericolo” continua lei.

Potrebbe avere ragione Mary. Chi ha ucciso Roberto e Anna ha ottenuto l'informazione che gli interessava e, quindi, potremmo correre dei rischi e, per meglio dire, ho messo a rischio Mary per qualcosa che riguarda solo me.

"Dobbiamo cambiare albergo questa notte" le dico "se Anna ha parlato di me, avrà riferito pure dove trovarmi".

Mary non risponde, è terrorizzata. Raccoglie, in tutta fretta, le sue cose e pure il cartone che uso io. Ci spostiamo sotto i portici di Piazza Bodoni.

Dopo che troviamo il posto ideale, in modo da non "turbare" i residenti, ci sediamo vicini. Entrambi non abbiamo sonno e siamo in ansia.

"Domani prendiamo il CD e lo consegno a Giorgio. Così il cerchio si chiuderà" dico

"Ne sei certo? Se Anna ha confessato, verranno a cercarti lo stesso?"

"Se non avrò più il supporto cosa potranno mai fare?" rispondo

"Semplicemente ucciderti. Forse in questo momento ti stanno già cercando" replica Mary, con un tono di voce più alto.

"D'accordo, hai ragione. Litigare tu e io non cambierà le cose, però. Adesso dobbiamo riposare un po'. Domani tutto si aggiusterà" concludo

E' una nottataccia. Mary si gira e si rigira, poi per fortuna crolla. Io invece niente. Solo alle prime ore del giorno riesco a chiudere gli occhi, per una decina di minuti. La temperatura adesso è decisamente più fredda, specie di notte. Non potremo godere del nostro servizio bar questa mattina.

Mary si sveglia perché io mi alzo, non riesco più a stare seduto. E' ancora troppo presto per andare al deposito bagagli. Non perché è chiuso, ma perché preferisco che, quando andiamo, sia già trafficato.

Ha dormito profondamente in quel letto estraneo. Neppure i forti rumori della città, ha avvertito durante il sonno. Ha sperimentato ciò che ha letto su qualche libro. Certe forti emozioni sfiancano, come se avessi fatto non una, ma due maratone di fila. Si sveglia presto, quando i primi raggi di sole, del nuovo giorno, filtrano dalle persiane chiuse e illuminano la stanza. Si mette a sedere sul letto, con i piedi che penzolano a pochi centimetri dal pavimento. Il suo piano è stato stravolto fin troppe volte, in queste ultime settimane. Nell'ultima versione, rimane solo un'altra cosa da fare. Poi l'unico desiderio è l'oblio di questa vita, per ricominciarne un'altra, lontano. Poi prende il cellulare, anche questo nuovo e con una utenza che non gli appartiene e compone un numero. La voce dall'altra parte è simile alla sua. Si scambiano poche informazioni e si assicurano di stare tutti bene. Non una parola su ciò che è accaduto nelle ultime ore. La telefonata termina con il consueto "ci sentiamo presto". Posa lo smartphone, è stato un articolo che ha acquistato a caro prezzo; la SIM prepagata è intestata ad un'altra persona, forse addirittura a qualcuno già morto da tempo. Ora ha bisogno di fare una doccia.

Accompagno, come al solito Mary a Porta Nuova e, quando lei esce, ci incamminiamo per il deposito. Attendiamo che, almeno, uno o due clienti entrino prima di noi. Poi aperta la cassetta, recuperiamo la busta e, questa volta, lasciamo appesa la chiave.

Passiamo davanti il bar di Piazza San Carlo e il cameriere ci vede. Entra dentro e poi corre verso di noi con un sacchettino

"Ma dove eravate questa notte?" chiede

"In giro. Avevamo una festa" gli rispondo con un sorriso

"Certo, certo, immagino" mi risponde altrettanto scherzosamente, consegnandoci due brioche.

Raggiungiamo Via Po, mentre i primi negozi aprono. La gioielleria sarà tra le ultime. Voglio incontrare Giorgio poco prima dell'apertura, per consegnargli la busta. Ci posizioniamo in un angolo che ci consente di vedere quando arriva.

Non è Giorgio ad aprire, ma una delle due commesse. Poco dopo, arriva pure l'altra. Anche questa volta rifaccio, mentalmente, la stessa considerazione, sulla grande fiducia del proprietario per le sue dipendenti. Sicuramente i pezzi di maggior pregio saranno in una cassaforte di cui solo Giorgio possiede le chiavi e/o la combinazione.

Credo, spero che, a minuti, arrivi pure lui. Avrei voluto consegnargli il plico senza troppi testimoni. Sono certo che anche lui preferisce così.

Le due si danno un gran da fare a sistemare alcuni oggetti e puliscono le vetrine interne, per l'esposizione dei preziosi. Passa quasi un ora. Sono stanco di stare in piedi e sta ricominciando a piovere. Mary apre l'ombrello e ci ripara entrambi.

Continuo a fissare le vetrine della gioielleria e mi accorgo quando al negozio arriva una telefonata. Una delle due commesse risponde. Quando ripone la cornetta, vedo che parla con la sua collega e poi scoppia in lacrime. Anche l'altra sembra essersi intristita, mentre cerca di consolare la prima. Le due smettono di fare pulizie. Poi escono e richiudono il negozio.

"Deve essere successo qualcosa a Giorgio" penso immediatamente, forse un incidente e, dalla reazione delle commesse, credo si tratti di una cosa seria. Ricordo il suo modo di guidare. Sono tentato di avvicinarle quando escono ma, anche se chiedessi, non mi darebbero alcuna informazione. Poi rifletto sul fatto che adesso dovrò tenere con me la busta. Ho "riconsegnato" la chiave. Questo contrattempo mi mette di malumore ed esprimo una considerazione ad alta voce "è stato in grado di avere un incidente, pure di darmi noie"

"Non dire idiozie. So che sei infastidito dal fatto che hai ancora il CD, ma se non è oggi glielo darai domani o dopodomani. Se è successo qualcosa a Giorgio, non sarà così grave, come hanno fatto credere quelle due" mi dice. Anche lei ha seguito la scena e ha avuto gli stessi miei pensieri, ma è più ottimista.

"Quella che ha risposto sembrava disperata" replico.

"Si, ma l'altra no. Presto sapremo che cosa è successo, forse già nel pomeriggio. Se hai molta fretta, non è escluso che sia possibile raggiungere Giorgio altrove" continua lei, per vincere il mio pessimismo

"Si, vedremo. Intanto forse è meglio spostarci da qui e tornare sotto i "nostri" portici. La pioggia sembra non volere smettere ed è pure intensa"

Nonostante l'ombrello e camminando sotto i portici, arriviamo in Piazza San Carlo con i piedi e i pantaloni umidi. Ho messo il CD nell'unica tasca buona del mio giaccone e ho la continua smania di controllare che non vada perduto. Dobbiamo, inoltre, procurarci gli spiccioli per comprare qualcosa da mangiare. Dico a Mary di posizionarsi all'angolo con Via Maria Vittoria, mentre io sarò all'angolo opposto, quello vicino a Via Giolitti. Così facendo forse la nostra questua sarà più rapida e fruttuosa.

Gli occhi attenti di una figura, avvolta in uno scuro scorriacqua, seguono la scena. Vorrebbe affrontare, subito, l'uomo. Purtroppo, nonostante il brutto tempo, c'è troppa gente in giro. Non sa, poi, come potrebbe reagire. Meglio attendere la sera e sperare che rimanga solo. Nei giorni precedenti ha osservato le sue abitudini. A dispetto di quello che pensava su di lui, adesso pare abbia trovato compagnia. Da un lato prova piacere per questa novità, dall'altro è una complicazione, che avrebbe evitato volentieri. E' certo che anche la donna sappia. Entrambi, pertanto, dovranno essere condotti a più miti consigli. Non vorrebbe fare loro del male, ma ogni mezzo sarà utilizzato per raggiungere lo scopo. Sa che, in precedenza, l'uomo era un investigatore delle forze dell'ordine, non ricorda esattamente dove e in quale corpo. L'uomo non parlava spesso e volentieri della sua vita precedente. La figura entra in un bar e ordina un caffè. Porta indietro il cappuccio dell'impermeabile. Ha sempre attirato attenzione, ma il mal tempo rende le persone un po' più distratte. Solo il cameriere, porgendo il caffè, rivolge qualche parola di circostanza "che tempaccio". La figura accenna un sorriso, ma resta in silenzio. Attraverso le vetrate del bar segue quello che fanno la donna e l'uomo dall'altra parte della piazza.

Sono trascorse quasi due ore e, nel mio berretto, sono cadute poche monete. Mi alzo per raggiungere Mary. Lei ha avuto più fortuna. Insieme, abbiamo abbastanza per comprare qualcosa da mangiare. Andiamo al supermercato. Mary opta per un tramezzino, io preferisco prendere un panino. Compriamo, pure, una bottiglia di acqua e ci mettiamo in fila per pagare. Davanti a noi due commesse. Si riconoscono perché indossano, entrambe, una giacca di tailleur colore nero con il logo, come una specie di divisa, di una grande catena di negozi di abbigliamento. Senza volerlo ascolto parte del loro discorso. Una delle due sta dicendo all'altra:

"Si ti dico. Lo hanno trovato in bagno, sotto la doccia, poverino"

"Peccato era davvero un bel ragazzo. Lo vedevo passare, qualche volta, davanti il nostro negozio, ma non è mai entrato da noi..."

"Certo, aveva gusti più raffinati, il signorino" riprende la prima. Ha cancellato il pensiero precedente, ora non è più "poverino" e si lascia andare a un'altra considerazione "Con lo stesso denaro speso per le giacche che indossava, da noi avrebbe comprato un intero guardaroba".

"Comunque, mi spiace davvero, E' finito come suo padre, come se ci fosse una maledizione su quella famiglia. Ora chi gestirà la gioielleria?" continua la seconda.

La domanda rimane in sospeso. Mentre pagano anche la cassiera, che ha ascoltato, ritiene di dovere fare, a sua volta, un commento "avete ragione sembra una maledizione che si accanisce su quella famiglia"

Dicono che Torino sia una città magica, nel senso che, nonostante sia la culla dello sviluppo industriale in Italia, è pervasa da un diffuso misticismo. Per cui non c'è nulla di strano nei commenti che sto ascoltando. Piuttosto, ho il timore di avere compreso che è accaduto qualcosa proprio a Giorgio. Quando tocca a noi pagare chiedo alla cassiera "ma cosa è successo?"

La cassiera è una di quelle che preferisce ignorarmi, ma la notizia è troppo intrigante e a lei piace speculare "Questa notte c'è stato un omicidio in collina. Giorgio Colla è stato ucciso dentro la sua casa. Si dice, forse una rapina. Lo stesso era accaduto, qui vicino, a suo padre qualche anno addietro".

Ecco perché oggi le commesse erano in lacrime. Non un incidente quindi.

Mary è scossa quanto me. La sensazione di essere in pericolo ci prende entrambi. Con la vita che facciamo, morire non è una cosa improbabile. Anzi al contrario, ma ci si immagina che possa accadere per una malattia non curata. Magari, anche, per ipotermia, in una rigida notte invernale, ma non uccisi per un maledetto CD.

Torniamo sotto i portici. Nessuno dei due ha fame. Con il sacchetto del supermercato poggiato tra noi due cerchiamo di interpretare la notizia.

"Sembra che qualcuno si stia interessando parecchio per mettere a tacere tutti quelli che conoscevano ciò è accaduto nella gioielleria "Colla" qualche anno fa. Più che mai sono preoccupata che quel qualcuno potrebbe essere a conoscenza che, anche, noi sappiamo e che abbiamo il CD con le prove" mi dice seria Mary, riprendendo il discorso della sera prima.

"Forse" rispondo e poi ragionando a voce alta proseguo "Però, la cassiera ha parlato di una rapina il CD potrebbe non entrarci per niente", poi continuo "Se, invece, non fosse stata una rapina e cercassero il "nostro CD" il movente non può essere il denaro. L'unico che sarebbe stato disposto a pagare perché sulla vicenda calasse, per sempre, il silenzio è stato ucciso questa notte. Ci deve essere dell'altro…."

"Adesso che facciamo?" chiede Mary

"Ciò che avremmo dovuto fare dall'inizio, come avevi suggerito tu. Porteremo il CD in questura. Sono certo che ci faranno mille domande ma non abbiamo nulla da nascondere" rispondo

"Andiamoci subito allora" chiosa Mary.

"No. Meglio domani mattina. Lasciamo che si occupino dei primi accertamenti, in modo da non interferire in questa fase iniziale". Parlo da esperto, in questo caso. A mio modo, voglio che i miei ex colleghi non vengano influenzati da una facile interpretazione dell'omicidio e che trascurino altre piste.

Ora il supporto informatico, che tengo nella tasca, sembra pesare come un macigno e l'esigenza di non perderlo mi costringe a un controllo ancora più di frequente.

Visto che abbiamo preso una decisione, finalmente mangiamo il nostro pranzo.

I due occhi neri, sotto il cappuccio, dall'altra parte della piazza continuano a osservare. La figura, non notata, non smette di seguire i movimenti dei due. Li ha seguiti pure quando sono andati al supermercato. Vorrebbe essere una mosca, per ascoltare i loro discorsi. Chissà se hanno già

saputo cosa è successo. Sono voci che circolano in fretta, anche se arrivano per ultimo agli "ultimi". Forse, però, atteso il loro coinvolgimento ne sono già a conoscenza. Proverà più tardi ad avvicinarli quando le strade di svuoteranno.

Nel pomeriggio continuiamo a parlare della vicenda, ma giungiamo sempre alla medesima conclusione. Alla fine dico "anche questa sera non dormiremo qui e neppure dove siamo stati la notte scorsa. Preferisco non fornire punti di riferimento, nel caso in cui ci stessero seguendo. Quando ci muoveremo, tra un po', lo faremo separati e ci rivediamo in Corso Vittorio Emanuele II, al ristorante del nostro amico. Mi raccomando, quando andremo, cammina svelta, cambia strada spesso e controlla se qualcuno ti segue. Se ti dovessi accorgere di qualcosa, ferma una macchina della polizia, dei carabinieri anche della polizia municipale e fatti accompagnare in questura"
Così quando le prime ombre della sera cominciano a calare, raccogliamo le nostre cose e prendiamo direzioni opposte. Mary va verso Porta Nuova io verso Piazza Castello. La guardo allontanarsi. Cerco di individuare eventuali inseguitori, ma non c'è nessuno dietro di lei e neppure dietro di me.

"Maledizione, si sono separati. Seguirò l'uomo" pensa la figura e facendo attenzione a non farsi scoprire inizia l'inseguimento. L'uomo si guarda indietro, sospetta di essere seguito. Probabilmente ha saputo, altrimenti non sarebbe così prudente. "Ma dove sta andando. Sono stati scaltri a non stare insieme. Vogliono rendere più difficile la cosa. Ma forse è

meglio così. Sarà più facile gestirlo se resta solo" riflette la figura. Poi l'uomo scompare alla sua vista. La figura accelera il passo. Lo ha perso. Come è possibile era proprio davanti a me.

Ho imitato l'andatura di Giuseppe. Ho strascicato i piedi e poi ho accelerato di colpo. Sono stato fortunato, quando ho cambiato passo, c'era un gruppo di persone davanti e mi sono confuso tra loro. Non ho visto nulla di particolare, ma ho una strana sensazione. Poi, al primo isolato, ho girato a destra, poi a sinistra. Se qualcuno mi sta seguendo, probabilmente ora è in difficoltà. Farò qualche altro cambio di direzione, ad ogni isolato, prima di tornare indietro e mi fermerò, accostato a qualche portone, per vedere se c'è qualcuno dietro di me. Faccio altri cinque o sei cambi di direzione, un po' allontanandomi e un po' avvicinandomi alla mia meta finale. Poi mi fermo e attendo un quarto d'ora, almeno. Non vedo pericoli. Vado verso Corso Vittorio.

Ho fatto il giro dell'isolato, ma niente. Sembra essere stato inghiottito da questa città. Eppure è facilmente riconoscibile, con quel suo giaccone fuori moda. Non mi devo innervosire. Lo ritroverò più tardi. Tornerà nel posto che gli è più congeniale, questa notte. L'ho sempre visto trascorrere le sue giornate nella stessa piazza.

E' assurdo come gli inconvenienti si presentino nei momenti meno indicati. Tra me e il mio appuntamento con Mary, incontro il gruppo di bulli che, circa due anni addietro, mi ha accolto in questa città. Non è l'unico che ho avuto modo di osservare, in questo periodo. Sembra che ognuno abbia un proprio territorio. Penso che non siano, tutti, dei cattivi ragazzi, sono solo annoiati e amano passare il tempo a battere il loro quartiere. I membri col tempo cambiano. Alcuni fuoriescono, altri invece, probabilmente perché meno capaci, restano e traggono la legittimazione della loro esistenza nel gruppo stesso. Io ho riconosciuto quello che mi ha strappato l'orologio. Ora deve essere maggiorenne. Non credo che lui si ricordi di me. Io sono molto cambiato, non solo nei vestiti. Mi vengono incontro, spero di non essere l'oggetto della loro attenzione. Mi passano accanto e non mi degnano di uno sguardo. L'ultimo di loro, però, è attento al suo cellulare e mi urta. Lo scontro è lieve quasi impercettibile, non mi aspetto delle scuse e proseguo per la mia strada. Ma lui si ferma e mi urla "Ehi stronzo guarda dove metti i piedi". Non deve occupare una posizione di rilievo, all'interno del gruppo. Avrà non più di quattordici anni e i suoi amici lo hanno lasciato indietro. Io mi fermo, mi giro e mi limito a guardarlo. Altri due si sono fermati. A seguire, tutti gli altri. Forse vogliono vedere come se la cava il "piccolo". Riprendo a camminare, ma il giovane vuol fare bella figura. "Ehi dico a te, sei sordo oltre che stronzo". Faccio finta di non sentire e continuo per la mia strada, fin quando una mano non si poggia sulla mia spalla e mi fa voltare con forza. Il ragazzino porta anche un apparecchio correttore per i denti. La circostanza ha del comico, potrei essere suo padre e lo supero in statura di una spanna, almeno. Ecco perché, senza volerlo, mi metto a ridere. La reazione, viene interpretata come una irrisione e i suoi amici stanno ancora guardando. Nel frattempo, il capo branco, la mia vecchia conoscenza, si avvicina. Ho fretta, devo trovare presto un modo di allontanarmi. Divento serio di colpo. "Lasciami perdere. Scusami se ti ho disturbato in qualche modo. Ma lasciami perdere, non sono del giusto umore". Il ragazzino, però, si fa prendere la mano dalla situazione e afferra il bavero del mio giaccone "te lo faccio passare io il cattivo umore" dice, strattonandomi.

Prima che l'intero gruppo sia troppo vicino, poggio il mio piede sul suo, schiacciandoglielo. Lui, per il dolore, allenta la presa e io lo spingo con il mio corpo, senza utilizzare le braccia. Se non avesse il piede bloccato, potrebbe recuperare facilmente l'equilibrio. Invece cade seduto, a terra. Gli altri arrivano in suo soccorso, ma io ho il tempo di mettermi a correre. Mi inseguono, sono più giovani di me. Mi raggiungeranno presto. Mi infilo dentro la stazione ferroviaria, pattugliata costantemente dalla polizia. Loro mi seguono fin dentro, ma devono essere noti alle forze dell'ordine. La loro presenza attira, presto, l'attenzione di due agenti. Dopo qualche minuto si allontanano. Sono certo che mi attendono all'esterno e, quindi, temporeggio per una buona mezz'ora. Poi esco all'esterno. Non ci sono più, avranno trovato di meglio. Corro da Mary

Ci arrivo dopo un'ora. Mary è già lì. E' sollevata nel ritrovarmi.

"Tutto bene?" le chiedo

"Si tutto bene. Ho fatto come mi hai detto. Non credo di essere stata seguita, tu ci hai messo un po' invece" mi risponde

"Si ho avuto un piccolo contrattempo, pure io non sono stato pedinato. Bene cerchiamo un angolo un po' più buio" continuo. Per la notte, in generale, ho sempre preferito sistemare il mio cartone in luoghi illuminati. La luce scoraggia malintenzionati. Ma le circostanze, in questo momento, consigliano diversamente.

Ci sediamo vicini, Mary poggia il capo sul mio petto e dopo un po' si addormenta. Per me sarà un'altra notte insonne.

Una piccola utilitaria sta percorrendo le vie del centro di Torino è la seconda volta che sta facendo lo stesso percorso. L'ammaccatura del paraurti e del cofano non si nota di notte. Di giorno evita di usarla e lascia l'auto nei garage a pagamento. Stanno ancora cercando il pirata della strada che ha investito Stefano. Certo di auto come la sua a Torino ne girano moltissime. Di sera, poi, i colori e modelli delle auto appaiono meno definiti. Il guidatore, scruta ogni angolo degli edifici. Soprattutto quelli con i portici. Diversi senzatetto hanno trovato riparo sotto di essi, ma non scorge quelli che cerca. Ha pensato di visitare i ricoveri offerti da enti religiosi e non, ma li potrebbe incontrare conoscenti. Per questa sera e meglio smettere. Non ha avuto fortuna e potrebbe incappare in qualche controllo.

Alle prime luci del giorno una sirena di un'ambulanza sveglia Mary che mi guarda e dice "non hai dormito, vero?"

"Avrò tempo nei prossimi giorni. Non ti preoccupare. Dopo che passiamo da Porta Nuova, per te, andiamo in questura" le rispondo facendo trasparire l'urgenza

"Se vuoi possiamo evitare di andare alla stazione" riprende lei

"No, abbiamo fretta, ma non così tanta. Poi sono certo che rimarremo lì per molto, quindi meglio sbrigare i nostri comodi, prima"

Arriviamo in stazione mentre i corrieri consegnano i giornali. L'edicolante mi riconosce e mi saluta con la mano. Mentre Mary si avvia alle toilette, mi avvicino all'edicola per ricambiare il saluto più da vicino e leggo il titolo *"Ucciso Giorgio Colla"* e il sommario riporta "Trovato morto, nel bagno della sua villa, l'erede di una prestigiosa gioielleria di Torino". Il giornalaio segue il mio sguardo e mi chiede "ti interessa qualche articolo?"

"Si, quello in prima pagina" rispondo

Con cortesia mi apre il giornale alla pagina cui rimanda la prima e così posso dare una scorsa all'articolo *"ieri mattina, nel bagno della sua abitazione, è stato rivenuto il cadavere del giovane imprenditore. La vittima, indifesa, è stata freddata con diversi colpi di arma da fuoco, dai suoi carnefici che si sono introdotti nella villa, dopo avere infranto una vetrata. Gli investigatori, avvisati da una domestica che ha trovato il corpo, non escludono alcuna pista. La spiegazione più plausibile, attesa l'attività del giovane, è che si sia trattata di una rapina finita male. Giorgio Colla ha, disgraziatamente, condiviso la stessa sorte toccata al padre anni prima. Anche quest'ultimo era stato ucciso, nel corso di una rapina portata a segno nella gioielleria, della centralissima Via Po".*

L'articolo continua con poche altre informazioni che mi interessano, come sulla disposta autopsia e sui funerali, che si svolgeranno solo dopo l'esame. Il giornalista, prima di dilungarsi in ordine al futuro dell'attività di famiglia, inserisce un'altra chiosa "*gli inquirenti stanno cercando l'uomo visto in compagnia della vittima, la sera prima dell'omicidio. Sono al vaglio le immagini, dei circuiti di videosorveglianza, per addivenire alla sua identificazione. L'individuo potrebbe essere stato l'ultimo che ha visto, vivo, Giorgio Colla e potrebbe avere informazioni utili alle indagini*"

Ringrazio in fretta l'edicolante, cercando di nascondere lo stato d'ansia che, quest'ultima nota, mi ha messo addosso e anche io vado nei bagni. Perdo più tempo di quello che, normalmente, dedico alla mia pulizia e quando esco, attendo per qualche minuto Mary. Nonostante le condizioni in cui viviamo, ama sempre trascorrere molto tempo tra acqua e sapone.

Uscendo dalla stazione, ci sediamo per qualche minuto su una panchina di Piazza Carlo Felice. Voglio comunicare la notizia a Mary con calma, facendole capire che non è nulla di grave. E' una giornata plumbea e c'è pure un po' di nebbia.

"Non hanno cambiato alcune abitudini. Menomale" pensa la figura, quando li vede uscire da Porta Nuova. Seminascosta, all'angolo nord occidentale della stazione ferroviaria, li vede sedersi sulla panchina. L'uomo le sta dicendo qualcosa e lei sembra spaventata. Vorrebbe raggiungerli, ma c'è troppa gente. Si sposta verso il centro della stazione fuori dal colonnato cercando di fare l'indifferente "c'è un po' di nebbia, anche se mi sposto non dovrebbe notarmi" riflette.

Mentre cerco di tranquillizzare Mary, che ha appreso l'informazione con preoccupazione crescente, faccio scorrere lo sguardo su tutta la piazza. Se mi stanno cercando, potrebbero esserci poliziotti in giro, già con la mia foto in mano. Vorrei anticiparli e arrivare in questura prima che loro trovino me. Davanti l'entrata principale di Porta Nuova intravedo qualcuno che mi sembra di conoscere. "Ma non è possibile" penso. Eppure…..

"Mary ora devo fare una cosa prima di andare in questura. Tu rimani qui. Non ci metterò molto penso"

"Dove stai andando? Mi lasci di nuovo sola, proprio adesso?" mi chiede

"Te lo dico dopo. Stai tranquilla e resta qui" le rispondo perentorio.

Mi alzo e attraverso la strada, come un forsennato, mentre chi ho visto sembra volersi allontanare. I clacson delle auto, che intralcio, mi stordiscono. La figura si dirige verso il parcheggio sotterraneo della stazione. La seguo, più veloce che posso, anche quando prende le scale e scende alcune rampe. Sento i suoi passi nonostante il frastuono di fondo. Poi più nulla. E' arrivata al piano che le interessa. Sorprende anche me l'urlo che mi sgorga in gola "Fermati"

Il parcheggio è illuminato dai neon. Molte auto, ma non c'è anima viva. La cerco con gli occhi, ma non noto alcun movimento. Percorro in lungo e in largo tutto il piano del parcheggio, ma niente. Quando riprendo le scale per salire, un rumore di auto che si allontana. Sono troppo distante per correre in quella direzione.

Torno da Mary che mi chiede "dove sei stato? Cosa hai fatto? Mi sono preoccupata pensavo che ti avessero fermato e portato in questura".

"No. Niente di tutto questo. Ho solo visto un fantasma e adesso è andato via" rispondo enigmaticamente

Mary mi guarda non ha capito, ma non insiste.

"Andiamo" dico

Come avevo previsto, negli uffici della questura rimaniamo a lungo. Prima procedono alla mia identificazione. Alcuni, rimangono stupiti che un tempo ero uno di loro e adesso sono un barbone. Questo aspetto sarà chiarito più avanti. Ci sono procedimenti amministrativi nei miei confronti, ma possono attendere. Al momento, sono concentrati sull'omicidio di Giorgio. Racconto tutto con dovizia di particolari. La singolare consegna delle chiavi di Anna, la comprensione dell'enigma delle cassette del deposito bagagli, la visione del CD e infine l'incontro, della sera, con Giorgio. Mi soffermo sulle confessioni de giovane imprenditore. Una luce di interesse illumina chi mi sta interrogando. Sono in due, mentre uno fa scorrere le dita sulla tastiera del computer, l'altro mi rivolge le domande. Quando ritengo di avere terminato il racconto, in modo teatrale, consegno il supporto informatico. Chi sta conducendo il mio interrogatorio chiama un collaboratore a cui consegna il CD, per farlo immediatamente visionare dai tecnici della polizia scientifica.

Adesso arrivano le domande a cui tengono di più per il caso di cui si stanno occupando: "sai dove era diretto Giorgio dopo che ti ha lasciato in Piazza San Carlo?"

"No, assolutamente no. Perché mai me lo avrebbe dovuto dire?" chiedo a mia volta.

"Tu sai come è il nostro lavoro. Potrebbe esserci un particolare che, magari, potrebbe aiutare" risponde con tono comprensivo l'investigatore.

Io so che a questo punto del mio racconto, quando sembra che abbiano terminato, proveranno a fare abbassare la mia tensione, come qualsiasi altro dichiarante, per un ultimo affondo e, infatti, continua "tu cosa hai fatto dopo anzi, per la precisione, nelle due ore successive al tuo arrivo in Piazza?"

"Sono stato insieme alla mia amica. Ve lo potrà confermare. Forse, pure i gestori dei bar della piazza che mi conoscono" rispondo con molta calma.

"Un ultima domanda, hai una vettura??"

"Non vedete come vivo? Avevo un auto, ma credo sia ancora ferma sotto la mia casa, che ho abbandonato, ormai, da anni. Qui a Torino, l'unica proprietà che ho è questo sacchetto" replico mostrandoglielo.

Quando uno dei due si allontana per recuperare i fogli e fare le fotocopie dei verbali redatti, con le mie dichiarazioni, l'altro, quello più anziano, si accende una sigaretta e si permette una considerazione ad alta voce "com'è strana la vita, non è vero?"

"In che senso" replico

"In alcuni periodi della vita, ognuno di noi immagina di volere fare qualcosa di diverso. Ma poi accade che il destino ti riconduca sulla strada che avevi intrapreso. Tu, ad esempio, hai smesso di fare il poliziotto, ma, tuo malgrado, ti sei imbattuto in questo piccolo giallo...", termina, lasciando in sospeso la frase.

"Non credo si tratti di un giallo. Solo una piccola storia, miseramente legata ai soldi" riprendo io.

"Già i soldi. Crediamo, che il giovane gioielliere ucciso sia stato derubato, a sua volta. Dalla sua cassaforte, pare manchi un bel gruzzoletto" mi confida infine, mentre il suo collega rientra con i verbali per farmeli firmare.

Quando mi comunica che con me hanno finito, il più anziano mi rivolge un ultima domanda, che non verrà trascritta, "che idea ti sei fatto di questa storia?"

"Devo essere onesto. Dopo avere visto il video, ero convinto che dietro, a tutto, c'era Giorgio. Ma dopo l'incontro con lui e, soprattutto, dopo la sua morte, non so più cosa pensare. Sembra che tutti quelli legati, in un modo o nell'altro, alla rapina alla gioielleria abbiano fatto una brutta fine. Persino il ragazzo che ha rovistato l'appartamento di Anna" rispondo, mentre esco dall'ufficio.

In altre stanza, anche Mary viene identificata e interrogata. Lei non ha alcuna pendenza. Solo un ex marito poco interessato alla sua sorte. Ha trovato qualche altra poveraccia su cui sfogare la sua violenza. Spesso, quando era lei la vittima, dopo averla picchiata, il suo ex marito la chiudeva dentro uno sgabuzzino, al buio, lasciandola lì per ore. Fino al giorno in cui lei era riuscita ad aprirlo, con delle chiavi che aveva nascosto, proprio, dentro quello sgabuzzino. Era fuggita da quella casa, per non tornarci mai più. Quella volta, aveva temuto che il marito avesse finito per ucciderla e lei, adesso, quelle stesse chiavi le porta legate al cinto.

Mary conferma, a chi la sta interrogando, ogni particolare del mio racconto.

Nel frattempo, i tecnici hanno visto cosa conteneva il CD avvalorando quanto ho detto.

Ci lasciano andare che è quasi notte. In compenso però, ci hanno fornito i pasti. Ci chiedono se vogliamo essere accompagnati da qualche parte, ma Piazza San Carlo non è molto lontana. Diciamo loro che preferiamo andare a piedi. Prima che ci allontaniamo, mi invitano a tornare nei prossimi giorni, devo firmare alcune notifiche. "Vedremo" penso.
Torniamo sotto i "nostri" portici. Siamo sprovvisti di cartoni, ma non importa per una notte possiamo farne a meno. Siamo molto stanchi, ma l'ansia dei giorni scorsi non c'è più. Ci siamo liberati del fardello del CD.

Sempre a bordo della piccola utilitaria, la figura ha seguito tutta la vicenda. Li aveva rintracciati, nuovamente, davanti la stazione e poi li aveva seguiti fino a quando erano entrati negli uffici della questura. Ha atteso a lungo, parcheggiata a poca distanza e in modo da non destare attenzione, allontanandosi a piedi, solo un paio di volte, quando aveva avuto necessità di andare in bagno, sperando, ogni volta, che non fossero usciti proprio mentre non poteva osservare. Quando, infine, li ha visti allontanarsi li ha seguiti fino a Piazza San Carlo. Vorrebbe parlare con loro. Ora però è tardi lo farà l'indomani.

Il giorno dopo, questa fase delle indagini occupa la prima pagina dei giornali. *"L'uomo visto in compagnia di Giorgio Colla è un ex poliziotto"*. Mi avvicino alla solita edicola della stazione, solo per leggere qualche riga. L'articolo, che si apre e si chiude in prima, inizia con la notizia che io mi sono presentato in questura, perché a conoscenza del fatto che mi stavano cercando e che sono stato sentito come "persona informata dei fatti". Ampio respiro viene dato alle mie dichiarazioni, con tanto di virgolettato. Dalla confessione fattemi da Giorgio, come coautore della rapina ai danni della gioielleria del padre, alla "passeggiata" in auto con me, la sera del suo omicidio. Il reporter deve essere ben introdotto negli ambienti della polizia, per avere ottenuto tanti particolari. Nel testo si fa riferimento anche al CD, a suo tempo sostituito da Roberto e, da quest'ultimo, utilizzato per ricattare Giorgio. Il giornalista continua con una approfondita descrizione del testimone. Si dilunga sulla mia carriera nelle forze dell'ordine e sulla mia partecipazioni a importanti operazioni di polizia. In seguito, la mia "scomparsa" senza dare notizia ad alcuno. Segue una breve dichiarazione del mio ex capo ufficio, Ernesto, con cui avevo instaurato un ottimo rapporto, che esprime il suo rammarico per avere perso un ottimo collaboratore e, pur non comprendendo appieno la scelta, esprime il suo rispetto per la mia decisione. Fortunatamente, poco o nulla si dice sul conto di Mary, indicata solo con le iniziali del nome e cognome che mi ha accompagnato negli uffici della polizia. L'articolo si chiude con la nota che saranno definiti con l'archiviazione i procedimenti penali sulle nostre sparizioni.

Sono ancora assorto nella lettura dell'articolo, mentre Mary, come sempre, tarda ad uscire dalla toilette.

Porta Nuova brulica di persone. E' l'orario di punta della mattina, con i pendolari che arrivano da località vicine, per andare a lavoro.

Alle mie spalle sento una presenza e una mano si posa su di me "Ciao Giovanni". La voce è dolce e un po' roca. Mi giro e la guardo. E' Anna. Ha i capelli molto più corti, un impermeabile scuro e stivali.

Si allontana dall'edicola e io la seguo. Raggiungiamo quasi il centro del salone principale, della stazione e io mi posiziono in modo da potere scorgere l'arrivo di Mary.

Anna, adesso, tiene con entrambe le mani la sua borsa, che le penzola davanti e che sembra pesarle.

"I giornali dicevano che eri morta" esordisco

"No, come vedi. Le sorti di quella povera ragazza è stata solo una fortunata coincidenza per me" risponde

"Una fortunata coincidenza? Come può un omicidio essere una fortunata coincidenza? Perché non l'hai smentita" chiedo

"Si sono dispiaciuta per la morte di quella ragazza. Però, il fatto che mi somigliasse, mi ha dato tempo. Il tempo necessario per risolvere i miei problemi e, soprattutto, mi ha salvato la vita. Presto la verità sarà svelata. Con la comparazione del DNA di mio fratello, scopriranno che la donna trovata morta non sono io. Se mi fossi presentata alle forze dell'ordine per smentire la notizia, adesso, forse, parleresti con mio fantasma".

"Perché? Qualcuno ti vuole uccidere?"

"Non più. Ho eliminato il pericolo. Sono arrivata prima io"

"Che vuoi dire e chi ti voleva morta?" replico, nuovamente, io.

"Lo stesso che ha fatto ammazzare mio fratello. Il caro Giorgio" mi risponde, con un sorriso amaro.

"Ma no, non è stato lui a uccidere tuo fratello. Io ho parlato con Giorgio e mi ha confessato tutto, ma non l'omicidio di tuo fratello Roberto".

"Temo che ti sei fatto abbindolare da quell'imbonitore. E' stato lui che ha determinato la morte di Roberto. Certo, non lo ha fatto direttamente, ma è sua la responsabilità" continua Anna.

"Mi è sembrato sincero. Non ha negato di avere partecipato alla rapina in cui è morto suo padre e....." sto proseguendo, interrompendola.

"Come avrebbe potuto negarlo. Tu avevi visto il contenuto del CD. Ti racconto una storia, se mi dai qualche minuto" mi ferma, a sua volta lei e poi continua "Si, lui ha partecipato alla rapina nella sua gioielleria e tu hai visto le immagini. Ma non hai sentito le voci. Suo padre lo aveva riconosciuto e, quando quest'ultimo ha tentato una reazione, è stato freddato dal complice. Anche mio fratello è stato ferito. Ma questo lo sai già. Quello che non sai è che, credendo che pure Roberto fosse rimasto ucciso, in quella occasione, Giorgio si è arrabbiato con il suo complice, non tanto perché aveva sparato, ma perché non aveva fatto quello che "Lui" gli aveva detto di fare. Come prima cosa, doveva recuperare la pistola che il padre aveva sotto il banco di esposizione e, solo, dopo doveva accompagnarlo sul retro dove c'era la cassaforte. Comprendi ora. Era lui che aveva architettato il colpo"

"Si Giorgio me lo ha detto. Mi ha detto anche che è stato costretto da una banda a cui doveva denaro" rispondo

"Anche questa è una bugia. Era lui a capo di quella banda. Era lui lo strozzino ed è per questo che i rapporti con il padre non erano idilliaci. In più di una occasione, il padre di Giorgio si era aperto con mio fratello, perché lo riteneva una persona di fiducia. Più di un semplice dipendente, quasi uno di famiglia, al punto da rivelargli le combinazioni delle casseforti, del negozia e di casa. Gli aveva raccontato di come fosse disperato per il fatto che suo figlio fosse un delinquente e che meditava di escluderlo dal testamento" riprende lei e poi ancora "la rapina fu una sorta di vendetta di Giorgio, verso il padre, per questa decisione. Probabilmente il padre glielo aveva comunicato"

"Si, ma tuo fratello poi lo ha ricattato" continuo io

"E' vero. Mio fratello lo ha ricattato. Anche se non è giustificabile, credo che mio fratello avesse voluto farlo per punire Giorgio, per quello che aveva compiuto. Voleva un gran bene al suo titolare. Non posso escludere, che tra le motivazioni di Roberto ci fosse, anche, quella di fare denaro in fretta. Anzi, ti dirò che è quello che, io stessa, ho pensato. Ad ogni modo, ha nascosto il CD agli investigatori. Conoscendo il suo carattere, sono convinta che abbia celato, inizialmente, il CD ai poliziotti per tutelare in buon nome dei Colla. Forse sperava che in breve Giorgio si fosse presentato per confessare. Ma siccome nulla di questo è accaduto e poiché le indagini si erano dirette solo nei suoi confronti, è fuggito in Spagna ed è lì che Giorgio lo ha rintracciato".

"Giorgio mi ha detto che non sapeva dove fosse Roberto e che la prima richiesta di denaro l'aveva ricevuta per lettera, con l'indicazione di un numero di conto" azzardo

"Prima anche tu eri un poliziotto che faceva indagini, vero? E non ci arrivi? Eppure la risposta te la sei data proprio adesso. Il numero di conto. Quanto tempo o impegno pensi ci voglia per sapere dove è la banca. Era una banca spagnola e a Giorgio, probabilmente, è bastato assumere un discreto investigatore privato, per sapere che fine aveva fatto mio fratello. Roberto ha

avuto la colpa di tenere il denaro. Purtroppo aveva, anche, un brutto vizio, quello del gioco. Non solo ha perso tutto quello che aveva ottenuto da Giorgio, ma è riuscito anche a indebitarsi. All'inizio doveva piccole somme a diverse persone. Poi le somme si sono moltiplicate. Sai per via degli interessi. Giorgio ne ha approfittato, non poteva lasciargliela passare liscia. Per la sua losca attività, aveva agganci anche in Spagna e ha acquistato i debiti accumulati da Roberto e poi li ha ceduti, in blocco, a una potente organizzazione criminale di Barcellona che non ha dato più tregua a mio fratello. E' finita come hai letto sui giornali. Tutto questo, me lo ha raccontato mio fratello, nel corso delle lunghe telefonate in cui mi sviscerava la sua disperazione. Qualche mese addietro, mi ha inviato il CD. Voleva che lo consegnassi a Giorgio e che lo pregassi di intercedere per lui presso i suoi amici spagnoli, in modo che gli concedessero più tempo. Ovviamente Giorgio si è rifiutato"
"E tu non gli hai dato il CD …ovviamente"
"Certo che no. Prima ancora che fossi io a cercarlo è stato lui che lo ha fatto. In realtà sapeva benissimo che vivevo a Torino e quello di cui mi occupavo. Ho sperato che Giorgio potesse aiutare mio fratello, che si convincesse a parlare con i suoi contatti spagnoli. D'altro canto il CD lo incolpava. Ma Giorgio si sentiva onnipotente, come se non gli importasse più di essere accusato della rapina. Quando gli ho parlato gli ho fatto capire che il supporto era nelle mie mani e che glielo avrei consegnato, se solo avesse chiesto più tempo per mio fratello. Il suo piano, però, era diverso. Voleva entrarne in possesso a prescindere. Forse non poteva più intervenire sulla banda catalana. Nel frattempo io, come sai, ho messo il CD al sicuro.

Dove, poi, tu lo hai trovato. Al riguardo, sei stato bravo, lo devo ammettere".

Non dico ad Anna che è stata Mary ad avere l'intuizione geniale, quindi "si, grazie" rispondo e poi la invito "continua" "Il giorno che è venuto alla mensa, probabilmente, sapeva che mio fratello era stato ucciso o che, comunque, aveva poche ore di vita e ha pensato bene di tentare un ultima minaccia. Per questo mi sono nascosta. Giorgio, poi, ha pensato che io tenessi il CD a casa. Così, ha pagato qualcuno per rovistare nella mia abitazione. So anche chi si è prestato a questa ignobile azione. Stefano il mio collega nel volontariato. Io mi aspettavo che qualcuno lo facesse e vigilavo il mio appartamento. Quando ho visto entrare Stefano, nel palazzo, ho capito che era lì per quello."

"Si, lo so. Mi sembrava un bravo ragazzo. All'inizio, quando non ti ho più rivista, ho chiesto a lui di darmi tue notizie. Sempre lui, mi ha detto che erano entrati nel tuo appartamento. E' stato presto chiaro da chi lo aveva saputo" chioso sorridendo "Poi, me lo ha confermato Giorgio, che mi ha pure detto che ha avuto un incidente e che adesso è in ospedale"

"Si, lo so" risponde Anna abbassando gli occhi "ma non è un bravo ragazzo e non è stata la sua prima volta. Ha commesso altri reati. Il presidente della nostra associazione ha dovuto garantire per lui, in certe situazioni. Ma lui ha ripreso la cattiva strada"

Mi assale un dubbio e lo esplicito "sei stata tu?"

"Si, purtroppo. Mi ha fatto arrabbiare e lo volevo spaventare. Ma ho calcolato male la manovra con la mia auto, oppure lui ha frenato di colpo. Non ricordo bene adesso. Comunque,

nonostante tutto, sono lieta che non sia morto" mi risponde a voce bassa e prosegue "e, prima che tu me lo chieda, si sono stata io a uccidere Giorgio. Anche se c'era stata la morte di quella povera ragazza, che tanto mi somigliava, e mi sentivo un po' più al sicuro, prima o poi si sarebbe scoperto che ero viva e sarei stata di nuovo in pericolo. Non potevo vivere con questa angoscia. Ho dovuto anticipare quel delinquente e non me ne pento. Potresti pensare che l'ho fatto per vendicare mio fratello. Forse hai ragione, ma alla luce di quello che ti sto raccontando, devi ammettere che si è meritato tutto. Pensavo fosse più difficile togliere la vita a una persona. Ma se avessi visto la sua faccia, quando sono entrata nel suo bagno, mentre lui era sotto la doccia. Dopo che lo avevo solo ferito, si è girato e, nonostante avessi l'arma in mano, si è messo a ridere. Mi ha addirittura invitato a raggiungerlo sotto l'acqua. Non ci ho visto più. Potrei dire che la pistola ha sparato da sola".
Conosco questi sentimenti. Quando ero in polizia, altri colpevoli avevano descritto medesime sensazioni. La paura e rabbia possono accecare e Anna le deve avere provate entrambe.
"Adesso che farai" chiedo
"Adesso voglio solo sparire. E avrei voluto recuperare il CD. Ma tu lo hai consegnato alla polizia. Ti ho seguito in questi giorni" mi risponde
"Immaginavo che qualcuno mi stesse seguendo, ma non pensavo fossi tu. Almeno fino a ieri. Eri tu qui davanti Porta Nuova? Perché non ti sei fermata?".
"Si, ero io, ma c'era troppa gente o forse, nonostante tutto, non ero pronta a incontrarti. Ora però che sei stato in questura …"

"Non potevo fare diversamente, mi stavano cercando. Sono io l'uomo visto insieme a Giorgio quella sera e prima o poi mi avrebbero rintracciato. Cosa farai adesso? Non appena saranno disponibili i test del DNA, apparirà chiaro che la donna morta non sei tu. Presto o tardi la polizia farà due più due. Io ho raccontato quello che mi ha detto Giorgio e tu sarai indicata come una sospettata per la sua uccisione"
"Si ho letto i giornali. So quello che hai detto in questura. Hai ragione, mi verranno a cercare presto, se gliene darò la possibilità. Ho intenzione di lasciare l'Italia. Forse per raggiungere mio nipote. E' l'unica famiglia che mi resta" replica, con tristezza, Anna, e poi continua "augurami buona fortuna Giovanni" quest'ultima frase la pronuncia mentre fa qualche passo indietro e si gira.
La seguo con lo sguardo finché non scompare tra la folla.
E' passata una settimana o poco più. Mentre Mary si dedica alle sue quotidiane abluzioni, nei bagni della stazione, io mi avvicino all'edicola Ho preso l'abitudine di scambiare qualche parola con il proprietario, anche per ingannare il tempo in attesa che Mary esca dal bagno. Oggi c'è un altro articolo di spalla che mi interessa. Senza neppure chiedere, l'edicolante prende una copia del giornale e mi fa leggere "Risolto il caso dell'omicidio Colla – *Si è costituita alla polizia Anna D'Arpa"* L'articolo è il resoconto di ciò che è avvenuto ieri e delle informazioni che già avevo appreso da lei e che sono state verificate dagli investigatori. Rimane un mistero: la somma di denaro mancante dalla cassaforte. *"Anna D'Arpa, al riguardo, ha dichiarato di non saperne niente"*. Spero che la mia amica mi abbia fatto la cortesia di non rivelare che mi ha raccontato

ogni cosa in precedenza. Quanto al cadavere delle donna trovata sulle rive del Po, il giornalista riporta quanto dichiarato dagli inquirenti, secondo i quali i resti apparterrebbero a una giovane prostituta uccisa, verosimilmente, da uno dei suoi "protettori", la cui scomparsa è stata denunciata solo negli ultimi giorni. L'articolo si chiude con la considerazione che la conclusione del "Caso Colla" fornirà ulteriori elementi per le indagini condotte dalle autorità spagnole sulla morte di Roberto D'Arpa.

Due giorni prima. Una donna, con corti capelli neri e che indossa vistosi occhiali scuri, entra nella sede di una elegante banca svizzera e chiede di aprire un conto in favore di un bimbo che vive in Polonia. Le prime difficoltà, per intestare un conto a un minore, che vive in uno stato estero e che non sembra avere alcun legame di parentela con la giovane donna, vengono presto superate quando, la stessa, dichiara la somma che intende versare. Quel bambino non diventerà ricchissimo, ma sicuramente potrà vivere agiatamente quando, maggiorenne, potrà disporre di quella somma. Terminata l'operazione, Anna esce dall'istituto di credito e si riempie il polmoni di aria fresca. Prende il cellulare e compone il numero di sua cognata"come state, che fa il piccolo" esordisce. Katrina le racconta le ultime "bravate" del nipote e Anna sorride. Dopo avere parlato di altre piccole cose, Anna diventa seria "credo che per un po' non mi sarà possibile contattarvi. Ti sto inviando un messaggio in cui troverai un numero di conto di una banca svizzera. Ho versato del denaro che permetterà a te e a mio nipote di avere una certa tranquillità"

"Mi fai paura Anna, Parli come faceva tuo fratello" risponde Katrina

"No, non temere. Niente di grave. Solo una raccomandazione, non movimentare il conto per qualche tempo. E' intestato a tuo figlio, ma ho fatto in modo che tu possa operare. Ora ti devo salutare. Vi voglio bene" dice, concludendo la telefonata e chiudendo la chiamata, mentre le lacrime le rigano il volto.

Vado a riprendere Mary che nel frattempo esce profumata come sempre. Un po' mi dispiace per Anna. Avrei preferito saperla lontana e libera, ma capisco che sarebbe rimasta prigioniera della sua coscienza.

Usciamo fuori l'inverno incombe, il cielo e scuro e la città si colora di grigio. Ha smesso di piovere e ha smesso di piangere pure un bimbo nella sua carrozzina, spinta dalla madre fuori dalla stazione. La donna ha con se pure una pesante valigia. La vorrei aiutare, ma sono certo che non accetterebbe nulla da me. Io, però, sono stranamente felice e sorrido. Mary percepisce il mio stato d'animo e sorride anche lei. E' bellissima.

Note dell'autore

Il racconto è frutto di pura fantasia, ogni riferimento a fatti e persone realmente esistite è puramente casuale.
Dopo essermi cimentato in novelle di ambientazione storica, ho provato un nuovo genere e, devo ammettere che, mi sono divertito, come spero accada, anche, a chi mi leggerà.
Un ringraziamento particolare va a Gianclaudio Angotti che ha curato la copertina del libro.